D1879080

विभूति नारायण राय

28 नवम्बर, 1950 में जन्म। 1971 में अंग्रेजी साहित्य से एम.ए. करने और कुछ समय अध्यापन में बिताने के बाद 1975 में भारतीय पुलिस सेवा के सदस्य बने। पाँच वर्षों तक (2008-2014) महात्मा गांधी अंतरराष्ट्रीय हिन्दी विश्वविद्यालय वर्धा के कुलपति रहे। पुलिस महानिदेशक पद से अवकाश प्राप्त विभूति नारायण राय को सराहनीय सेवाओं के लिए 'इंडियन पुलिस मेडल' और उत्कृष्ट सेवाओं के लिए राष्ट्रपति का 'पुलिस मेडल' भी मिला।

उनके अब तक छः उपन्यास—*घर, शहर में कर्फ़्यू, किस्सा लोकतंत्र, तबादला, प्रेम की भूतकथा* और *रामगढ़ में हत्या* प्रकाशित। *शहर में कर्फ़्यू* का अंग्रेजी और भारत की लगभग सभी भाषाओं में तथा अन्य उपन्यासों का भी विभिन्न भाषाओं में अनुवाद हुआ है। विभिन्न पत्र-पत्रिकाओं में नियमित लेखन। *रणभूमि में भाषा* तथा *फेंस के उस पार, किसे चाहिये सभ्य पुलिस, अंधी सुरंग में काश्मीर, पाकिस्तान में भगत सिंह* नाम से लेखों के पाँच संग्रह प्रकाशित। यदा-कदा व्यंग्य लेखन भी। *एक छात्र नेता का रोजनामचा* शीर्षक से व्यंग्य लेखों का एक संकलन प्रकाशित। विभिन्न पत्र-पत्रिकाओं में कॉलम लेखन।

लेखक के अलावा एक एक्टिविस्ट के रूप में भारतीय राज्य और अल्पसंख्यकों के आपसी रिश्तों पर निरन्तर अध्ययनरत और इसी सिलसिले में नेशनल पुलिस अकादमी, हैदराबाद द्वारा प्रदत्त एक वर्ष की फेलोशिप के तहत साम्प्रदायिक दंगों के दौरान पुलिस की छवि पर शोध, जिसके परिणामस्वरूप पुस्तक *साम्प्रदायिक दंगे और भारतीय पुलिस* आई। मेरठ के साम्प्रदायिक दंगों (1987) के लोमहर्षक अनुभवों पर आधारित पुस्तक *हाशिमपुरा 22 मई* प्रकाशित। इस पुस्तक का भी अंग्रेजी, तमिल, उर्दू, कन्नड़ समेत कई भाषाओं में अनुवाद।

कथा यू.के. द्वारा उपन्यास *तबादला* पर 'इन्दु शर्मा कथा सम्मान', उपन्यास *क़िस्सा लोकतंत्र* उत्तर प्रदेश हिन्दी संस्थान द्वारा सम्मानित, 'सफ़दर हाशमी सम्मान', 'राहुल सांकृत्यायन सम्मान', 'कमलेश्वर सम्मान', उत्तर प्रदेश हिन्दी संस्थान द्वारा 'साहित्य भूषण सम्मान', 'राही मासूम रजा सम्मान'।

लगभग दो दशकों तक हिन्दी की महत्त्वपूर्ण पत्रिका 'वर्तमान साहित्य' का सम्पादन। बीसवीं शताब्दी के हिन्दी कथा साहित्य का लेखा-जोखा करती पुस्तक 'कथा साहित्य के सौ बरस' का सम्पादन।

ई-मेल : vibhutinarainrai@gmail.com

विभूति नारायण राय

शहर में कर्फ़्यू

लोकभारती पेपरबैक्स

लोकभारती पेपरबैक्स में
पहला संस्करण : 2024

© विभूति नारायण राय

लोकभारती पेपरबैक्स : उत्कृष्ट साहित्य के जनसुलभ संस्करण

लोकभारती प्रकाशन
पहली मंजिल, दरबारी बिल्डिंग, महात्मा गांधी मार्ग
प्रयागराज-211 001
द्वारा प्रकाशित

शाखाएँ : 1-बी, नेताजी सुभाष मार्ग, दरियागंज, नई दिल्ली-110 002
अशोक राजपथ, साइंस कॉलेज के सामने, पटना-800 006
1, अनमोल सोराबजी सन्तुक लेन, धोबी तलाव, मरीन लाइंस, मुम्बई-400 002
वेबसाइट : www.lokbhartiprakashan.com
ई-मेल : info@lokbhartiprakashan.com

बी.के. ऑफसेट
नवीन शाहदरा, दिल्ली-110 032
द्वारा मुद्रित

मूल्य : ₹225

SHAHAR MEIN CURFEW
by Vibhuti Narain Rai

ISBN : 978-81-979896-2-9

शाश्वत के लिए

किसी की शबे वस्ल सोते कटे है
किसी की शबे हिज्र रोते कटे है
ये कैसी शब है या इलाही
जो न साते कटे है न रोते कटे है

लेखक की ओर से

'शहर में कर्फ़्यू' लिखना मेरे लिए एक त्रासदी से गुजरने जैसा था। उन दिनों में इलाहाबाद में नियुक्त था और शहर का पुराना हिस्सा दंगों की चपेट में था। हर दूसरे-तीसरे साल होने वाले दंगे से यह दंगा मेरे लिए कुछ भिन्न था। इस बार हिंसा और दरिंदगी अखबारी पन्नों से निकलकर मेरे अनुभव संसार का हिस्सा बनने जा रही थी—एक ऐसा हिस्सा जो अगले कई सालों तक दुःस्वप्न की तरह मेरा पीछा नहीं छोड़ने वाला था। मुझे लगा कि इस दुःस्वप्न से मुक्ति का सिर्फ एक उपाय है इन अनुभवों को लिख डाला जाय। लिखते समय लगातार मुझे लगता रहा है कि भाषा मेरा साथ बीच-बीच में छोड़ देती थी। अंग्रेजी की एक पुरानी कहावत है लैंग्वेज़ इस अ पुअर सब्सिट्यूट फार थाट। इस उपन्यास को लिखते समय यह बात बड़ी शिद्दत से याद आई। दंगों में मानवीय त्रासदी के जितने शेड्स जितने संघनित रूप मेरे अनुभव संसार में जुड़े उन सबको लिख पाना न संभव था और न ही इस छोटे से उपन्यास को खत्म करने के बाद मुझे लगा कि मैं उस

तरह से लिख पाया जिस तरह से उपन्यास के पात्रों और घटनाओं से मेरा साक्षात हुआ था। यह एक स्वीकारोक्ति है और मुझे इस बात पर कोई शर्म नहीं महसूस हो रही है।

'शहर में कर्फ़्यू' को प्रकाशन के बाद मिश्रित प्रतिक्रियाएँ मिलीं। एक छोटे से साहित्यिक समाज ने इसे साहित्यिक गुण-दोष के आधार पर पसंद या नापसंद किया पर पाठकों के एक वर्ग ने धर्म की कसौटी पर इसे कसने का प्रयास किया। हिन्दुत्व के पुरोधाओं ने इसे हिन्दू विरोधी और पूर्वाग्रहग्रस्त उपन्यास घोषित कर इस पर रोक लगाने की मांग की और कई स्थानों पर उपन्यास की प्रतियां जलाईं। इसके विपरीत उर्दू के पचास से अधिक अखबारों और पत्रिकाओं में 'शहर में कर्फ़्यू' के उर्दू अनुवाद को समग्र या आंशिक रूप मे छापा। पाकिस्तान की 'इरतका' और 'आज' जैसी प्रतिष्ठित साहित्यिक पत्रिकाओं ने भी पूरा उपन्यास अपने अंकों में छापा। उर्दू पत्र-पत्रिकाओं (यदि अन्यथा न लिया जाय तो मुसलमानों) की प्रतिक्रियाएँ कुछ-कुछ ऐसी थीं गोया एक हिन्दू ने भारत में मुसलमानों पर होने वाले अत्याचारों का पर्दाफाश किया है। बुरी तरह से विभक्त भारतीय समाज में वह कोई बहुत अस्वाभाविक भी नहीं था। पर इन दोनों की एक-दूसरे से इतनी भिन्न प्रतिक्रियाओं ने मेरे मन में भारतीय समाज के इस विभाजन के कारणों को समझने के लिए तीव्र उत्सुकता पैदा की। संयोग से भारतीय पुलिस अकादमी की एक फेलोशिप मुझे मिलगई जिसके अन्तर्गत मैंने 1994-95 के दौरान इस विषय पर काम किया और इस अकादमिक अध्ययन के दौरान भारतीय समाज

की कुछ दिलचस्प जटिलताओं को समझने का मौका मुझे मिला।

भारत में साम्प्रदायिक दंगों को लेकर देश के दो प्रमुख समुदायों—हिन्दुओं और मुसलमानों के अपने-अपने पूर्वाग्रह है। एक औसत हिन्दू दंगों के सम्बन्ध में मानकर चलत है कि दंगे मुसलमान शुरू करते हैं और दंगों में हिन्दू अधिक संख्या में मारे जाते हैं। हिन्द अधिक इसलिए मारे जाते हैं क्योंकि उसके अनुसार मुसलमान स्वभाव से क्रूर, हिंसक और धमन्धिरी होते हैं। इसके विपरीत, वह मानता है कि हिन्दू धर्मभीरु, उदार और सहिष्णु होते हैं।

दंगा कौन शुरू करता है. इस बात पर बहस हो सकती है पर दंगों में मरता कौन है इस बात पर सरकारी और गैरसरकारी आँकड़े इतनी प्रचुर मात्रा में उपलब्ध हैं कि बिना किसी संशय ने निष्कर्ष पर पहुँचा जा सकता है। उपलब्ध आँकड़ों के अनुसार स्वतंत्रता के बाद दंगों में मरने वालों 70% से अधिक मुसलमान है। रांची-हटिया (1967), अहमदाबाद (1969), भिवंडी (1970), जलगांव (1970) और मुम्बई (1992-93) या रामजन्मभूमि बाबरी मस्जिद विवाद के सिलसिले में हुए दंगों में तो यह संख्या 90% के भी ऊपर चली गई है। यही स्थिति सम्पत्ति के मामलों में भी है। दंगों में न सिर्फ मुसलमान अधिक मारे गए बल्कि उन्हीं की सम्पत्ति का अधिक नुकसान भी हुआ। दंगों में अधिक नुकसान उठाने के बावजूद जब राज्य मशीनरी की कार्यवाही झेलने की बारी आई तब वहाँ भी मुसलमान ज़बर्दस्त घाटे की स्थिति में दिखाई देते हैं। दंगों में पुलिस का कहर भी उन्हीं पर टूटता है। उन दंगों में भी जिनमें

मुसलमान 70-80 प्रतिशत से अधिक मरे वे पुलिस ने जिन लोगों को गिरफ्तार किया उनमें 70-80 प्रतिशत मुसलमान थे, उन्हीं के घरों की तलाशियाँ ली गई, उन्हीं की औरतें बेइज्जत हुईं और उन्हीं के मोहल्लों में सख्ती के साथ कर्फ़्यू लगाया गया।

इस विचित्र स्थिति के कारणों की तलाश बहुत मुश्किल नहीं है। यह धारणा कि कि हिन्दू स्वभाव से ही अधिक उदार और सहिष्णु होता है, हिन्दू मन में इतने गहरे पैठी हुई है कि ऊपर वर्णित आँकड़े भी औसत हिन्दू को यह स्वीकार करने से रोकते हैं कि दंगों में हिन्दुओं की कोई आक्रामक भूमिका भी हो सकती है। बचपन से ही उसने सीखा है कि मुसलमान आनुवांशिक रूप से क्रूर होता है और किसी की जान लेने में उसे कोई देर नहीं लगती जबकि इसके उलट हिन्दू बहुत ही उदार हृदय होता है और चींटी तक को आटा खिलाता है। अक्सर ऐसे हिन्दू आपको मिलेंगे जो कहेंगे "अरे साहब हिन्दू के घर में आप सब्जी काटने वाले छुरे के अतिरिक्त और कोई हथियार नहीं पायेंगे।" इस वाक्य का निहितार्थ होता है कि मुसलमानों के घरों में तो हथियारों के जखीरे भरे रहते हैं। इसलिए एक औसत हिन्दू के लिए सरकारी आँकड़ों को मानना भी आसान नहीं होता वह सरकारी आँकड़ों की सत्यता पर सवालिया निशान उठाता है बावजूद इस तथ्य के कि दुनिया की कोई भी सरकार ऐसे आँकड़े जगजाहिर नहीं करेगी जिनसे यह साबित होता हो कि उसके यहाँ अल्पसंख्यकों का जान-माल सुरक्षित नहीं है।

अब हम आयें दूसरे पूर्वाग्रह पर कि देगा शुरू कौन करता है? हिन्दुओं की बहुसंख्या यह माननी है कि दंगा

आमतौर पर मुसलमानों द्वारा शुरू किये जाते हैं। एक हिन्दू नौकरशाह, शिक्षा शास्त्री, पत्रकार, न्यायविद या पुलिसकर्मी के मन में इसे लेकर कोई शंका नहीं होती है कि दंगा शुरू कौन करता है? मुसलमान चूंकि स्वभाव से हिंसक होता है इसलिए यह बहुत स्वाभाविक है कि दंगा वही शुरू करता है। इस तथ्य का भी उल्लेख होता है कि दंगे उन्हीं इलाकों में होते हैं जहाँ मुसलमान बहुसंख्या में होते हैं।

अपनी फेलोशिप के दौरान मैंने 'दंगा शुरू कौन कराता है' के पहले 'दंगे में मरता कौन है' की पड़ताल शुरू की। एक हिन्दू के रूप में मुझे बहुत ही तकलीफदेह तथ्यों से होकर गुजरना पड़ा। मेरा हिन्दू मन यह मानता था कि दंगों में उदार, सहिष्णु और अहिंसक हिन्दुओं का नुकसान क्रूर और हिंसक मुसलमानों के मुकाबले अधिक होता होगा। मैं यह जानकर चकित रह गया कि 1960 के बाद के एक भी दंगे में ऐसा नहीं हुआ कि मरने वालों में 70-80 प्रतिशत से कम मुसलमान रहे हों। उनकी सम्पत्ति का भी इसी अनुपात में नुकसान हुआ। और यह तथ्य कोई रहस्य भी नहीं है। खासतौर से मुसलमानों और उर्दू प्रेस को पता ही है कि जब भी दंगा होगा वे ही मारे जायेंगे। पुलिस उन्हें ही गिरफ्तार करेगी, उन्हीं के घरों की तलाशियां ली जायेंगी। गरज यह है कि दंगे का पूरा कहर उन्हीं पर टूटेगा। फिर क्यों वे दंगा शुरू करना चाहेंगे? इसके दो ही कारण हो सकते हैं कि या तो एक समुदाय के रूप में वे मूर्ख हैं या उन्होंने सामूहिक रूप से आत्महत्या का इरादा कर रखा है। आमतौर से दंगा कौन शुरू करता है का फैसला इस बात से किया जाता है कि उत्तेजना के क्षण में पहला

पत्थर किसने फेंका। यह फैसला अक्सर गलत हो सकता है। जिन्होंने साम्प्रदायिक दंगों का निकट से और समाजशास्त्री औजारों से अध्ययन किया है जानते हैं कि हर फेंका हुआ पत्थर दंगा शुरू करने में समर्थ नहीं होता। दरअसल साम्प्रदायिक हिंसा भड़कने के लिए जरूरी तनाव की निर्मिति एक पिरामिड की शक्ल में होती है। वास्तविक दंगे शुरू होने के काफी पहले से, कई बार तो महीनों से अफवाहों, आरोपों और नकारात्मक प्रचार की चक्की चलाई जाती है। तनाव धीरे-धीरे बढ़ता है और अंततः एक ऐसा प्रस्थान बिन्दु आ जाता है जब सिर्फ एक पत्थर या एक उत्तेजक नारा दंगा शुरू कराने में समर्थ हो जाता है। इस प्रस्थान बिन्दू पर इस बात का कोई अर्थ नहीं रह जाता कि पहला पत्थर किसने फेंका!

दंगों की शुरुआत की मिथ को बेहतर समझने के लिए एक उदाहरण काफी होगा। भिवण्डी में 1970 में भीषण दंगे हुए। 7 मई को दंगा तब शुरू हुआ जब शिवाजी की जयंती पर निकलने वाले जुलूस पर मुसलमानों द्वारा पथराव किया गया। पहली नजर में दंगे की शुरुआत का कारण बड़ा स्पष्ट नजर आता है। आसानी से कहा जा सकता है कि मुसलमानों ने दंगा शुरू किया। लेकिन यदि घटनाओं की तह में जायें तो साफ हो जायेगा मामला इतना आसान नहीं है। 7 मई, 1970 से पहले भिवण्डी में इतना कुछ घटा था कि जब पहला पत्थर फेंका गया माहौल इतना गर्म था कि एक ही पत्थर बड़े दंगे की शुरुआत के लिए काफी था। पिछले कई महीनों से हिन्दुत्ववादी शक्तियाँ भड़काऊ और उकसाने वाली कार्यवाहियों में लिप्त थीं।

जस्टिस मेड़ान कमीशन ने विस्तार से इन गतिविधियों को रेखांकित किया है। जुलूस के मार्ग पर भी दोनों पक्षों में विवाद हुआ। मुसलमान चाहते थे कि जुलूस उस रास्ते से न ले जाया जाय जहाँ उनकी मस्जिदें पड़ती थीं। हिन्दू उसी रास्ते जुलूस निकालने पर अड़े रहे। जब जुलूस मस्जिदों के बगल से गुजरा तो उसमें शरीक लोगों ने न सिर्फ भड़काऊ नारे लगाये और मस्जिद की दीवारों पर गुलाल फेंका बल्कि जुलूस को थोड़ी देर के लिए वहीं पर रोक दिया। इसी बीच मुसलमानों की तरफ से पथराव शुरू हो गया और दंगा शुरू हो गया। दंगे की शुरुआत का फैसला करते समय हमें पथराव के पहले के घटनाक्रम को भी ध्यान में रखना होगा।

बहस के लिए हम पहले पत्थर फेंके जाने के पीछे के घटनाक्रम को भुला भी दें तब भी हमें उस मुस्लिम मानसिकता को ध्यान में रखना ही पड़ेगा जिसके तहत पहला पत्थर फेंका जाता है। सबसे पहले इस तथ्य को ध्यान में रखना होगा कि मुसलमान जानते हैं कि अगर दंगा होगा तो वे ही पिटेंगे। फिर क्यों बार-बार वे पहला पत्थर फेंकते है? कहीं ऐसा तो नहीं है कि पहला पत्थर एक ऐसे डरे हुए समुदाय की प्रतिक्रिया है जिसे लगातार अपनी पहचान और अस्तित्व संकट में नजर आता है। गरीबी, शिक्षा का अभाव और मुसलमानों का अवसरवादी नेतृत्व भी इस डर को मजबूत बनाता है। सरकारी नौकरी में भर्ती के समय किया जाने वाला भेदभाव और हर दंगे में उनकी सुरक्षा में राज्य की विफलता से भारतीय राज्य में उनकी हिस्सेदारी नहीं बन पा रही है। बहुत सारे कारण हैं, स्थानाभाव के कारण

जिन पर यहाँ विस्तृत चर्चा संभव नहीं है, जो एक समुदाय को निरंतर भय और असुरक्षा के माहौल में जीने के लिए मजबूर रखते हैं और अक्सर उन्हें पहला पत्थर फेंकने पर मजबूर करते हैं।

ऊपर मैंने जानबूझकर बहुसंख्यक समुदाय के मनोविज्ञान की बात की है क्योंकि मेरा मानना है कि बिना इसे बदले हम देश में साम्प्रदायिक दंगे नहीं रोक सकते। बहुसंख्यक समुदाय के समझदार लोगों को यह मानना ही पड़ेगा कि उनकी धार्मिक बर्बरता के शिकार अल्पसंख्यक समुदायों के लोग ही रहे हैं और इस देश की धरती तथा संसाधनों पर जितना उनका अधिकार है उतना ही अल्पसंख्यक समुदायों का भी है। इसके साथ ही हमें यह भी मानना होगा कि साम्प्रदायिक दंगों के दौरान पुलिस और फौज का काम देश के सभी नागरिकों की हिफाजत करना है, हिन्दुत्व के औजार की तरह काम करना नहीं।

मुझे लगता है दंगों के साथ-साथ भारतीय मुसलमानों को भी दूसरे बड़े मुद्दों पर सोचना होगा। सबसे पहले तो यह मानना होगा कि दो राष्ट्रों के सिद्धांत के आधार पर हुआ देश का विभाजन सर्वथा गलत था। न तो धर्म के आधार पर राष्ट्रों का निर्माण हो सका है और न ही हिंदू और मुसलमान दो अलग राष्ट्र हैं। भारत के हिन्दू और मुसलमान जिनकी समान सामाजिक, आर्थिक, भाषिक पृष्ठभूमि है, एक-दूसरे के ज्यादा करीब हैं बनिस्बत उन लोगों के जिनका सिर्फ धर्म समान है पर संस्कृतियां भिन्न हैं।

इस सवाल में उलझने का अब समय नहीं है कि देश का विभाजन किसने कराया? विभाजन एक बड़ी गलती थी और उसका बहुत बड़ा खमियाजा हमने भुगता

है। समय आ गया है जब इस उपमहाद्वीप के लोग बैठें और इससे जुड़े प्रश्नों पर गंभीरता से विचार करें।

इसी के साथ-साथ मुसलमानों को उस मनोविज्ञान का भी संज्ञान लेना होगा जिसके तहत निज़ामे मुस्तफा या शरिया आधारित समाज व्यवस्था की चर्चा बनी रहती है। धर्म निरपेक्षता एक विश्वास की तरह स्वीकार की जानी चाहिए। किसी फौरी नीति की तरह नहीं। राजतंत्र में धर्मनिरपेक्षता की लड़ाई खानों में बंटकर नहीं बल्कि मिलकर लड़ी जा सकती है।

—विभूति नारायण राय

इलाहाबाद
15 अगस्त, 2022

शहर में कर्फ़्यू

जब शहर में कर्फ़्यू लगता है तो यह वंचित तबकों के विरुद्ध शासकों के हाथ में एक ओर हथियार जैसा हो जाता है। साम्प्रदायिक दंगे भारतीय सामाजिक फलक के सबसे दुःखद और अमानवीय प्रसंग भी रहे हैं। इन दंगों के बाद उनकी मानसिकता को लेकर हिन्दी कथा साहित्य में काफी कुछ लिखा भी गया है। किन्तु 'शहर में कर्फ़्यू' इसे अर्थ में अपने आपमें प्रामाणिक है कि इसके लेखक को ऐसे दंगों को एक पुलिस अधिकारी की हैसियत से निकट से देखने का मौका मिला।

उपन्यास यथार्थ की जटिलताओं के बीच पाठक को ऐसे बिन्दु पर छोड़ देता है जहाँ दया या करुणा उत्पन्न नहीं होती वरन् इस बात की प्रतीति होती है कि जड़ता, नपुंसकता तथा अलगाव पैदा करने वाली व्यवस्था बरकरार है, जो लोगों को नफरत सिखाती है और एक-दूसरे से लड़ाती है। उपन्यास इसी व्यवस्था को बेनकाब करने का एक महत्वपूर्ण माध्यम बन जाता है।

एक

शहर में कर्फ़्यू अचानक नहीं लगा था। पिछले एक हफ्ते में शहर का वह भाग, जहाँ हर दूसरे-तीसरे साल कर्फ़्यू लग जाया करता है, इसके लिए जिस्मानी और मानसिक तौर पर अपने को तैयार कर रहा था। पूरी फिजा में एक खास तरह की सनसनी थी और सनसनी को सूँधकर पहचानने वाले तजुर्बेकार जानते थे कि जल्दी ही शहर में कर्फ़्यू लग जाएगा। उन्हें सिर्फ इस बात से हैरत थी कि आखिर पिछले एक हफ्ते में कर्फ़्यू टलता कैसे जा रहा था? बलवा करीब डेढ़ बजे शुरू हुआ। पौने दो बजते-बजते पुलिस की गाड़ियों लाउडस्पीकरों पर कर्फ़्यू लगाने की घोषण करती घूमने लगी थीं। हालाँकि कर्फ़्यू की घोषणा महज औपचारिकता मात्र रह गई थी क्योंकि पंद्रह मिनट में खुल्दाबाद सब्जी मंडी से लेकर बहादुरगंज तक जी.टी रोड पूरी तरह खाली हो गई थी। इक्का-दुक्का दुकानदार और अफरा-तफरी में अपने मर्दों से बिछुड़ी औरतें ही बदहवास-सी जी.टी रोड पर भाग रही थीं। अगस्त के आखिरी हफ्ते में हुए इस फसाद का रिहर्सल जून में हो चुका था, लिहाजा लोगों को बताने की जरूरत नहीं थी कि ऐसे मौकों पर क्या किया जाना चाहिए। उन्हें पता था कि ऐसे मौके पर सबसे पहला काम दुकानों के शटर गिराते हुए अपनी साइकिलें, चप्पल, झोले सड़कों पर छोड़ते हुए गली-गली अपने घरों को भागने की कोशिश करना था। उन्होंने यही किया और थोड़ी ही देर में जी.टी. रोड, काटजू रोड, मिर्जा गालिब रोड या नूरुल्ला रोड जैसी सड़के वीरान हो गईं। केवल गलियों के मुहानों पर लोगों के झुंड थे

जो पुलिस के आने पर अंदर भाग जाते और पुलिस के हटते ही फिर वापस अपनी जगह पर आ जाते।

शाहगंज पुलिस चौकी के पीछे मिनहाजपुर और मंसूर पार्क के पीछे गुलाबबाड़ी की तरफ से फायरिंग की आवाजें काफी तेजी से आ रही थीं। इनके अलावा छुटपुट आवाजें गलियों से या अकबरपुर, निहालपुर और मिर्जा गालिब रोड से आ रही थीं। दो बजते-बजते फौज भी शहर में आ गई और उसने शाहगंज-नूरुल्ला रोड और शौकत अली मार्ग पर पोजीशन ले ली। ढाई बजे तक हलकी बूँदा-बाँदी शुरू हो गई जिसने जल्दी ही मूसलाधार बारिश का रूप धारण कर लिया और इस बारिश ने सब कुछ शांत कर दिया। तीन बजे तक खेल खत्म हो चुका था। लोग अपने-अपने घरों में दुबक गए थे।

बाहर सड़क पर सिर्फ खौफ था, पुलिस थी और अगस्त की सड़ी गर्मी से मुक्ति दिलाने वाली मूसलाधार बारिश थी।

कुल मिलाकर डेढ़ घंटे में जो कुछ हुआ उसमें छह लोग मारे गए, तीस-चालीस लोग जख्मी हुए और लगभग तीन सौ लोग गिरफ्तार किए गए। ऐसा लगता था जैसे चील की तरह आसमान में मंडराने वाले एक तूफान ने यकायक नीचे झपट्टा मारकर शहर को अपने नुकीले पंजों में दबोचकर नोच-चीथ डाला हो और फिर उसे पंजों में फंसाकर काफी ऊपर उठ गया हो और ऊपर ले जाकर एकदम से नीचे पटक दिया हो। शहर बुरी तरह से लहूलुहान पड़ा था और डेढ़ घंटे के हादसे ने उसके जिस्म का जो हाल किया था उसे ठीक होने में कई महीने लगने थे।

हुआ कुछ ऐसा कि करीब डेढ़ बजे दिन में तीन-चार लड़के मिर्जा गालिब रोड, जी.टी. रोड क्रॉसिंग पर बैंक ऑफ बड़ौदा के पास एक गली से निकले और गाड़ीवान टोला के पास एक मंदिर की दीवाल पर बम पटक कर वापस उसी गली में भाग गए। जो चीज दीवाल पर पटकी गई वह बम कम पटाखा ज्यादा थी। उससे सिर्फ तेज आवाज हुई। कोई जख्मी नहीं हुआ। बम चूंकि मंदिर की दीवाल

पर फेंका गया था इसलिए उस समय वहाँ मौजूद हिंदुओं ने मान लिया कि बम फेंकने वाले मुसलमान रहे होंगे, इसलिए उन्होंने एकदम से वहाँ से गुजरने वाले मुसलमानों पर हमला कर दिया। सबसे पहले एक मोटरसाइकिल पर जा रहे तीन लोगों पर हमला किया गया। उनमें से एक मोटरसाइकिल गिरते ही कूदकर भाग गया। बाकी दो जमीन पर उकड़ूँ बैठ गए और सर को दोनों हाथों से ढके तब तक लात-धूँस और ढेले खाते रहे जब तक पास में अहमदगंज में तैनात पुलिस की एक टुकड़ी वहाँ पहुँच नहीं गई। इसके अलावा भी उधर से गुजरने वाले कई लोग पिटे। लगभग इसी के साथ मिर्जा गालिब रोड पर सबह से जगह-जगह इकट्ठे उत्तेजित झुंडों ने उस सड़क पर तैनात पुलिस की छोटी टुकड़ियों पर हमला कर दिया। इन टुकड़ियों में दो-तीन सिविल पुलिस के सिपाहियों के साथ चार-चार, पाँच-पाँच होमगार्ड के जवान थे। थोड़ी देर में काफी तादाद में पुलिस और होमगार्ड के जवान मिर्जा गालिब रोड से गाड़ीवान टोला की तरफ भागते दिखाई देने लगे। गलियों के मुहानों पर खड़े लोग हमलावर नौजवानों और लड़कों की भीड़ के पत्थरों से बचने के लिए अपने हाथ से सर या चेहरा बचाए बैंक ऑफ बड़ौदा की तरफ भाग रहे थे जहाँ अहमदगंज से पी.ए.सी. और पुलिस की एक टुकड़ी पहुँच चुकी थी। इन भागने वाले सिपाहियों में से एक बैंक ऑफ बड़ौदा से लगभग डेढ़ फर्लांग पहले ही गिर पड़ा। उसे एक बम लग गया था और काँच की नुकीली किर्चें उसके चेहरे में भर गई थीं। वह दोनों हाथों से अपना चेहरा ढके भाग रहा था। अचानक एक गली के मुहाने पर बदहवासी में वह एकदम सड़क के किनारे चला गया और वहाँ लड़कों की भीड़ से टकराते हुए उसने बीच सड़क पर आने की कोशिश की कि तभी एक छुरा उसकी बाईं पसलियों पर लगा और वह लड़खड़ाता हुआ बीच सड़क पर गिर पड़ा।

करीब-करीब एक साथ कई जगहों पर बम फेंकने और फायरिंग की घटनाएँ हुई। लगता था कि जैसे किसी सोची-समझी योजना के तहत कोई अदृश्य हाथ इन सारी घटनाओं के पीछे काम कर रहा

था। लगभग सभी जगहों पर बम फेंके गए। बम या फायरिंग से कोई जख्मी नहीं हुआ। इनका मकसद सिर्फ एक खास तरह का आतंक और तनाव पैदा करना लगता था और इसमें उन्हें काफी हद तक सफलता भी मिली।

पिछले दो-तीन दिनों से यह बात हवा में तैर रही थी कि मुसलमान पुलिस पर हमला करने की तैयारी कर रहे हैं और औसतन पुलिस के सिपाहियों के मन में यह डर काफी गहरे बैठा था। प्रदेश के पश्चिमी इलाकों में में कुछ झगड़े हुए थे जिनमें काफी मुसलमान पुलिस की गोलियों से मारे गए थे। इसलिए मुसलमानों के मन में गुस्सा भरा था और इस तरह का प्रचार किया जा रहा था कि मुसलमान अगर अपने मुहल्ले में इक्का-दुक्का सिपाहियों को पा जाएँगे तो जिंदा नहीं छोड़ेंगे। इसलिए मुस्लिम इलाकों में इक्का-दुक्का सिपाहियों ने दो-तीन दिन से जाना छोड़ दिया था। जरूरत पड़ने पर सशस्त्र सिपाही और दरोगा चार-चार, पाँच-पाँच की तादाद में उन इलाकों में जाते थे।

एक साथ कई जगहों पर पुलिस पर बम फेंकने और फायरिंग की जो घटनाएँ हुई उनमें ज्यादातर जगहों पर कोई जख्मी नहीं हुआ। अकसर चम फेंकी जाने वाली जगहों पर पुलिस खुले में होती और बम हमेशा दस-पंद्रह गज दाएँ-बाएँ किसी दीवाल पर फेंका जाता जिससे जख्मी कोई नहीं होता। लेकिन मान लिया जाता कि इसे मुसलमानों ने फेंका होगा इसलिए फौरन उस इलाके के सभी मुसलमान घरों की तलाशी ली जाती। ज्यादातर जगहों पर कुछ बरामद नहीं होता। कुछ जगहों पर गोश्त काटने के छुरे या थाने में जमा करने के आदेश के बावजूद घरों में पड़े लाइसेंसी असलहे बरामद होते और घर के मर्द 25-आर्मा एक्ट या दफा-188 में गिरफ्तार कर लिए जाते।

तीन बजे जब बारिश थमी तो उसने शहर को अगस्त की सड़ी गर्मी के साथ-साथ तनाव से भी फौरी तौर से मुक्ति दिला दी। पिकनिक और रोमांच हासिल करने के इरादे से पुलिस की गाड़ियों में निकले पत्रकारों को काफी निराशा हुई जब उन्होंने देखा कि शहर

में सड़कें सूनी पड़ी थीं। लोग घरों में थे। सड़कों पर पुलिस की बदहवास गाड़ियाँ थीं और तनाव चाहे कहीं रहा हो लेकिन फिलहाल सड़कों से अनुपस्थित था।

बारिश अभी खत्म नहीं हुई थी कि दो-तीन दिशाओं से पुलिस की गाड़ियाँ आकर शाहगंज पुलिस चौकी के पास रुकीं। उस समय तक फौज ने चौकी के आसपास पोजीशन लेना शुरू कर दिया था। चौकी के अंदर से कुछ सिपाही बाहर को झाँक रहे थे और चौकी के आसपास तथा सामने, आँख के अस्पताल और नर्सिंग हॉस्टल तक पूरी तरह सन्नाटा था। बारिश का जोर कुछ थमा जरूर था लेकिन बीच-बीच में तेज हो जाने वाली बारिश पूरे माहौल को खामोश रहस्यमयता का आवरण प्रदान कर रही थी। अभी थोड़ी देर पहले वहाँ फायरिंग हुई थी और फायरिंग खत्म होने के फौरन बाद वाला तनाव पूरे माहौल में घुल-मिल गया था।

पुलिस की गाड़ियों से दो एस.पी., एक डिप्टी एस.पी., कुछ इंस्पेक्टर और सब-इंस्पेक्टर उतरे। उनमें से एक-दो ने चौकी के पास की इमारतों के बरामदे में बारिश से बचने के लिए शरण लेने की कोशिश की लेकिन ज्यादातर लोगों ने चौकी के सामने सड़क पर एक घेरा बना लिया और अगली कार्यवाही के बारे में बातचीत करने लगे। उन्हें कंट्रोल रूम से वहाँ पर फायरिंग की इत्तला मिली थी। उन्हें सड़क पर देखकर चौकी में छिपे इक्का-दुक्का सिपाही भी उनके करीब आ गए। सभी के जिस्म तेज पानी की बौछार और उत्तेजना से भीगे हुए थे। उत्तेजित लहजे में एक-दूसरे को काटते हुए सिपाहियों ने तो बताया उसका मतलब था कि बीस मिनट पहले यहाँ फायरिंग हुई थी। पुलिस पर जबर्दस्त पथराव हुआ था और पुलिस ने एक इमारत की छत पर चढ़कर फायरिंग की थी। चौकी के पीछे मिश्रित आबादी थी और कुछ देर पहले गलियों से चीखने-चिल्लाने की आवाजें आ रही थीं। इस समय कोई आवाज नहीं आ रही थी लेकिन उन्हें पूरा यकीन था कि पीछे कुछ घरों पर हमला हुआ है।

तय यह हुआ कि अंदर घुसकर देखा जाए। बाहर सड़क पर खड़े रहने से कोई फायदा नहीं था। अंदर गली में एक भी आदमी मारा गया या किसी घर में आग लगाई गई तो उसके काफी खतरनाक परिणाम निकलने वाले थे। अभी तक का घटनाक्रम ऐसा नहीं था जिससे किसी गंभीर सांप्रदायिक दंगे की आशंका की जा सके लेकिन एक बार गलियों में आगजनी या चाकूबाजी की घटनाएँ शुरू हो जातीं तो उन्हें रोकना मुश्किल हो जाता।

दोनों एस.पी. थोड़ी देर तक आपस में सलाह-मशविरा करते रहे फिर एक झटके से वे गली में घुसे। उनके पीछे पी.ए.सी. और पुलिस का जत्था था। मिनहाजपुर एक पार्क के चारों तरफ बसा हुआ मोहल्ला था जिसमें खाते-पीते मुसलमानों के दुमंजिले-तिमंजिले मकान थे। दूसरे मुसलमानी इलाकों की गरीबी और गंदगी से यह इलाका मुक्त था।

मूसलाधार बारिश और सर्वग्रासी सन्नाटे ने ऐसा माहौल बना दिया था कि पुलिस और पी.ए.सी. के जवान अपने बूटों की आवाज से खुद बीच-बीच में चौंक जाते थे। सारे इंस्पेक्टरों और सब-इंस्पेक्टरों के हाथों में रिवाल्वर या पिस्तौलें थीं और सिपाहियों के हाथों में राइफलें। सबने अपने हथियार मकानों की तरफ तान रखे थे। हर मकान के छज्जे पर दुश्मन नजर आ रहा था। सबकी उंगलियों घोड़ों पर कसी थीं और उत्तेजना के किसी क्षण कोई भी उँगली ट्रिगर पर जरूरी दबाव डालकर ऐसी स्थिति पैदा कर सकती थी जिससे फायर हो जाए। बीच-बीच में रुक कर अफसर लोग फुसफुसाकर जवानों को राइफलों की नालों का रुख हवा में रखने का निर्देश दे रहे थे। वे मकानों के बरामदों और खंबों की आड़ लेकर धीरे-धीरे आगे बढ़ रहे थे। यह डरे हुए लोगों का समूह था और हर आदमी ने अपने मन में एक-एक काल्पनिक दुश्मन गढ़ रखा था जो उसे मकानों के छज्जों या गलियों के मुहानों पर दिखाई पड़ जाता लेकिन बंदूक के हरकत करने के पहले वह दुश्मन अदृश्य हो जाता था।

जहाँ पार्क खत्म होता था वहाँ पर पहली बार टुकड़ी को कामयाबी मिलती नजर आई। पार्क के एकदम कोने में जमीन पर गाढ़ा लाल खून एक बड़े दायरे में सड़क पर पड़ा था। इस खून को चारों तरफ से किसी ने ईंटों से घेर दिया था। ईंटों का यह घेरा छोटा था और तेज बारिश की वजह से खून का दायरा फैल कर ईंटों के घेरे से बाहर निकल गया था। खून बहुत गाढ़ा था और पूरी तरह से जम नहीं पाया था। बारिश के पानी ने उसे चारों तरफ छितरा दिया था। फिर भी ईंटों के घेरों में वह जगह तलाशना मुश्किल नहीं था जहाँ कोई गोली खाकर गिरा होगा क्योंकि एक केंद्रीय जगह पर खून ज्यादा मोटे थक्के के रूप में पड़ा था और वहाँ से बारिश उसे विभाजित करके पतली-पलाली लकीरों के रूप में विभिन्न दिशाओं में ले गई थी।

टुकड़ी के सीनियर अफसरों ने थोड़ी देर तक खून की मौजूदा स्थिति और बहने वाली लकीरों की दिशा का मुआयना किया। बाकी सभी लोग अपने-अपने हथियारों को कसकर पकड़े चारों तरफ बारजों और छज्जों पर निगाह गड़ाए रहे। तेज होने वाली बारिश ने हर तरफ धुँधलके की एक पर्त-सी जमा दी थी। उसके पास छज्जों पर कोई स्पष्ट आकृति देख पाना निहायत मुश्किल था, फिर भी प्रयास करने पर हर बरामदे में किसी खम्भे या खिड़की की आड़ में कोई कोई न कोई आकृति दिखाई पड़ ही जाती और बंदूकों पर भिंची हुई उँगलियाँ और सख्त हो जातीं। लेकिन थोड़ी देर लगातार देखने के बाद पता चलता कि हर बार की तरह इस बार भी उन्हें धोखा हुआ है और उँगलियाँ धीरे-धीरे स्वाभाविक हो जातीं।

खून की धार देखकर अफसरों ने एक गली का रास्ता पकड़ा। गली पार्क की हद से शुरू होती थी। रास्ते पर पड़ी लाल खून और कीचड़ सनी लकीर देखने से ऐसा लगता या कि किसी जख्मी आदमी को लोग घसीट कर ले गए थे। पूरे मोहल्ले के दरवाजे बंद थे। बारिश और सन्नाटे ने इसे मुश्किल बना दिया था कि इस बात का पता लग सके कि घायल किस मकान में छुपाया गया है।

सिर्फ जमीन पर फैली और पानी से काफी हद तक धुली-पुँछी लकीर ही एकमात्र सहारा थी जिसके जरिए तलाश की कुछ उम्मीद की जा सकती थी।

गलियाँ किसी विकट मायाजाल की तरह फैली थीं। एक गली खत्म होने के पहले कम से कम तीन हिस्सों में बंटती थी। आसमान में छाए बादलों और तेज बारिश ने दिन-दोपहर को ढलती शाम का भ्रम पैदा कर दिया था। गलियों में हलका-हलका उमस भरा अँधेरा था। इस पूरे माहौल के बीच से खून की लकीर तलाशते हुए आगे बढ़ना और काल्पनिक दुश्मन से अपने को सुरक्षित रखना, दोनों काफी मुश्किल काम थे। आगे के दो-तीन अफसर जमीन पर निगाहें गड़ाए खून की लकीर तलासने का प्रयास कर रहे थे और पीछे की टुकड़ी के लोग अपनी-अपनी पिस्तौलों और राइफलों का रुख छज्जों और बारजों की तरफ किए दुश्मन से हिफाजत का प्रयास कर रहे थे। बारिश के थपेड़े गली की ऊँची दीवारों के कारण एकदम सीधे मुँह पर तो नहीं लग रहे लेकिन तेज मूसलाधार बारिश ने लोगों को सर से पाँव तक सराबोर कर रखा था।

अचानक आगे चलने वाला एक अफसर ठिठककर खड़ा हो गया। दूसरे अफसर ने भी ध्यान से कुछ सुनने की कोशिश की और वह भी स्तब्ध एक जगह खड़ा होकर साफ-साफ सुनने की कोशिश करने लगा। बाकी टुकड़ी में से कुछ लोगों ने इन दोनों अफसरों का खिंचा हुआ चेहरा देखकर सूंघने की कोशिश की और फिर दीवालों की आड़ में खड़े होकर अंदाज लगाने लगे।

बारिश और सन्नाटे से भीगे हुए माहौल की स्तब्धता को भंग करती हुई रोने की स्वर लहरियाँ हलके-हलके तैरती हुई-सी उस समूह के कानों तक पहुँच रही थीं। आवाज ने उन्हें ज्यादा चैतन्य कर दिया और वे लोग आहिस्ता आहिस्ता पाँव जमाकर उसी दिशा में बढ़ने लगे। थोड़ी ही देर बढ़ने पर आवाज कुछ साफ सुनाई देने लगी।

यह रोने की एक अजीब तरह की आवाज थी। लगता है कि जैसे चार-पाँच औरतें रोने का प्रयास कर रही हों और कोई उनका गला दबाए हो। भिंचे गले से विलाप का एक अलग ही चरित्र होता है—भयावह और अंदर से तोड़ देने वाला। यह विलाप भी कुछ ऐसा ही था। जो स्वर छनकर बाहर पहुँच रहा था वह पत्थरदिल आदमी को भी हिला देने में समर्थ था।

आवाज का पीछा करते-करते पुलिस की टुकड़ी एक छोटे-से चौक तक पहुँच गई। चौक में तीन दिशाओं से गलियाँ फूटती थीं। चारो तरफ ऊँचे मकानों के बीच में यह चौक आम दिनों में बच्चों के लिए छोटे-से खेल के मैदान का काम करता था और दिन में इस वक्त गुलजार बना रहता था लेकिन आज वहाँ पूरी तरह से सन्नाटा था। पुलिस वालों के वहाँ पहुँचते-पहुँचते आवाज पूरी तरह से लुप्त हो गई। ऐसा लगता था कि पुलिस के वहाँ तक पहुँचने की आहट मातम वाले घर तक पहुँच गई थी और रोने वाली औरतों का मुँह बंद करा दिया गया था।

उस छोटे-से चौक के अंदर जितने मकान थे पुलिस वाले पोजीशन लेकर उनके बाहर खड़े हो गए। अफसर भी एक खम्भे की आड़ लेकर अगले कदम के बारे में दबे स्वर में बात करने लगे। इतना निश्चित था कि यह मकान जिसके अंदर विलाप हो रहा था, यहीं करीब ही था क्योंकि उनके इस चौक पर पहुँचते ही आवाजें एकदम बंद हो गई थीं। उन्होंने खम्भों की आड़ से ही चौक की जमीन पर खून की लकीर तलाशने की कोशिश की। खून का आभास मिलना यहाँ पर मुश्किल था क्योंकि इस क्षेत्र में पानी सिर्फ आसमान से ही नहीं बरस रहा था बल्कि लगभग सभी मकानों की छतों से नालियाँ सीधे चौक में खुलती थीं। छतों का इकट्ठा पानी नालियों से होकर चौक में मोटी धाराओं की शक्ल में गिर रहा था और उससे धरती पूरी तरह घुल-पुँछ जा रही थी।

अचानक एक सिपाही ने उत्तेजित लहजे में अपना हाथ हिलाना शुरू कर दिया। वह एक बड़े से हवेलीनुमा मकान की सीढ़ियों पर दरवाजे से सटकर खड़ा था। दरवाजे के ऊपर निकला बारजा उसे बारिश से बचाव प्रदान कर रहा था। दरवाजे की चौखट पर उसे लाल रंग का धब्बा दिख गया। इस धब्बे पर यद्यपि बारजे की वजह से सीधी बारिश नहीं पड़ रही थी फिर भी आड़ी-तिरछी बौछारों ने उसे काफी धुँधला दिया था। इसीलिए उसके ठीक बगल में खड़े सिपाही की भी निगाह उस पर देर से पड़ी। उसको हाथ हिलाता देखकर कुछ पुलिस अफसर और दरोगा तेजी से अपनी-अपनी आड़ में से निकले और झुकी हुई पोजीशन में लगभग दौड़ते हुए उस बारजे तक पहुँच गए।

वहाँ पहुँचकर कुछ ने झुककर चौखट का मुआयना किया जहाँ पहली बार खून का धब्बा दिखा था। इसके अलावा भी कई जगहों पर हलके धुँधले लाल धब्बे दिखाई पड़ने लगे। इतना निश्चित हो गया कि इसी घर में कोई जख्मी हालत में लाया गया है।

एक अफसर ने दरवाजा धीरे से खटखटाया। अंदर पूरी तरह सन्नाटा था। उसने थोड़ी तेजी से दरवाजा खटखटाया, अंदर से कोई आवाज नहीं आई। वह पीछे हट गया और उसने दरोगा को इशारा किया। दरोगा ने आगे बढ़कर दरवाजा लगभग पीटना शुरू कर दिया। कोई उत्तर न पाकर उसने दरवाजे को तीन-चार लातें लगाईं। लात लगने से दरवाज बुरी तरह हिल गया। पुराना दरवाजा था, टूटने की स्थिति में आ गया। शायद इसी का असर था कि अंदर से कुछ आवाज-सी आई। लगा कोई दरवाजे की तरफ आ रहा है। सीढ़ियों पर खड़े लोग दोनों तरफ किनारे सिमट कर खड़े हो गाए। दो-एक लोगों ने अपनी रिवाल्वर निकालकर हाथ में ले ली।

दरवाजे के पास पहुँचकर कदमों की आहट थम गई। साफ था कि कोई दरवाजे के पीछे खड़ा होकर दरवाजा खोलने-न खोलने के पसोपेश में पड़ा था। फिर अंदर से चटखनी गिरने की आवाज आई और एक मातमी खामोशी के साथ धीरे-धीरे दरवाजा खुल गया।

सामने एक निर्विकार सपाट बूढ़ा चेहरा था जिसे देखकर यह अंदाज लगा पाना बहुत मुश्किल था कि मकान में क्या कुछ घटित हुआ होगा।

"सबके सब बहरे हो गए थे क्या...हम लोग इतनी देर से बरसात में खड़े भीग रहे हैं और दरवाजा पीट रहे हैं।"

बोलने वाले के शब्दों के आक्रोश ने बूढ़े को पूरी तरह अविचलित रखा। उसकी चुप्पी बहुत आक्रामक थी। दरवाजा खुलने से कुछ बौछारें उसकी पेशानी और चेहरे पर पड़ीं और उसकी सफेद दाढ़ी में आकर उलझ गई।

"अंदर कोई जख्मी छिपा है क्या?"

"जी नहीं...कोई नहीं है।" उसका स्वर इतना संयत या कि यह जानते हुए भी कि वह झूठ बोल रहा है किसी ने उसे डॉटने की कोशिश नहीं की।

"बड़े मियाँ, हम जख्मी के भले के लिए कह रहे हैं। तुम उसको हमारे हवाले कर दो। हम उसे अस्पताल तक अपनी गाड़ी में पहुँचा देंगे। दवा-दारू वक्त से हो गई तो बच सकता है। नहीं तो अब पता नहीं कितने दिनों तक कर्फ़्यू लगा रहे और हो सकता है इलाज न होने से हालत और खराब हो जाए।"

"आप मालिक हैं हुजूर, पर पूरा घर खुला है, देख सकते हैं। अंदर कोई नहीं है।"

उसने घर की तरफ इशारा किया लेकिन खुद दरवाजे पर से नहीं हटा। वह पूरा दरवाजा छेके खड़ा था। किसी की समझ में नहीं आ रहा था कि क्या करें। बूढ़े के चेहरे की भावहीनता ने बूँदाबांदी के साथ मिलकर पर माहौल को इस कदर रहस्यमय बना दिया या कि सब कुछ एक तिलिस्म-सा लग रहा था।

सबको किंकर्तव्यविमूढ़ देखकर बूढ़े ने धीरे-धीरे दरवाजा बंद करना शुरू कर दिया। उसके हरकत में आते ही यह तिलिस्म अचानक

टूट गया और एक अफसर ने झपटकर अपना बेंत दोनों दरवाजों के बीच फैसा दिया। किसी ने उत्तेजना में जोर से दरवाजे को धक्का दे दिया और बूढ़ा लड़खड़ाता हुआ पीछे हट गया।

दरवाजे के फौरन बाद एक छोटा-सा कमरा था। इस कमरे के बाद आँगन था जिसके चारों तरफ बरामदा था। बरामदे में लगे हुए चारों तरफ पाँच-छह कमरे थे जिनके दरवाजे आँगन की तरफ खुलते थे। बरामदे में सात-आठ औरतों, दो-तीन जवान मर्दों और तीन-चार बच्चों का एक मातमी दस्ता था जो एक चारपाई को घेर कर खड़ा था। नंगी चारपाई पर जख्मी पड़ा था। खून चारपाई की रस्सियों को भिगोता हुआ जमीन पर फैल गया था। हालाँकि खून से चारपाई पर लेटे आदमी का पूरा जिस्म नहाया-सा था फिर भी गौर से देखने पर साफ दिखाई दे रहा था कि उसके बाएँ कंधे से लगभग एक बित्ता नीचे छाती पर चिपका हुआ कमीज का हिस्सा लाल और गाड़े खून से सना था। गोली वहीं लगी थी। अपनी अभ्यस्त आँखें चारपाई पर लेटी आकृति पर दौड़ाने के बाद एक दरोगा ने अपने बगल खड़े अफसर के कान में फुसफुसाते हुए कहा—

"मर गया है हुजूर।"

अफसर ने घबराकर चारों ओर देखा। किसी ने सुना नहीं था। चारपाई के इर्द-गिर्द खड़ी औरतें और मर्द अभी तक यही समझ रहे थे कि चारपाई पर लेटा आदमी सिर्फ जख्मी पड़ा है और मरा नहीं है। खास तौर से औरतें यही सोच रही थीं। या हो सकता है उनमें से कुछ लोगों को एहसास हो चुका हो कि जख्मी मर गया है किन्तु वे इस बात को मानना नहीं चाहते थे।

औरतों ने फिर से विलाप करना शुरू कर दिया। ज्यादातर औरतें पर्दा करने के लिए अपने माथे पर कपड़ा डाले हुए थीं। वे भिंचे कंठ से धीरे-धीरे अस्फुट शब्दों से रो रही थीं। उनके शरीर हौले-हौले हिल रहे थे और उनके रुदन और शरीर के कंपन में एक अजीब सी लय थी और यह लय तभी टूटती थी जब उनमें से कोई एक अचानक

दूसरी से तेज आवाज में रोने लगती या किसी एक का शरीर दूसरी औरतों से तेज काँपने लगता।

अफसरों ने आपस में आँखों ही आँखों में मंत्रणा की और उनमें से एक ने अपने मातहत को हुक्म दिया—

"मजरूब को सँभालकर चारपाई समेत उठा लो। कालविन में कोई न कोई डॉक्टर जरूर मिल जाएगा।"

पुलिस के चार-पाँच लोगों ने फुर्ती से चारपाई चारों तरफ से पकड़कर हाथों पर उठा ली। चारपाई के इर्द-गिर्द अभी भी औरत-मर्द खड़े असहाय देख रहे थे। सिर्फ औरतों के विलाप में बाधा पड़ी।

"आप लोग भी मदद कीजिए। जितनी जल्दी अस्पताल पहुँचेंगे उतना ही अच्छा होगा।"

खड़े औरतों-मर्दों में कुछ हलचल हुई। दो-तीन मर्दों ने चारपाई को हाथ लगाया। चारपाई थामे लोग धीरे-धीरे दालान से बाहरी दरवाजे की तरफ बढ़ने लगे।

एक औरत को अचानक कुछ याद आया। वह दौड़कर एक मोटी चादर ले आई और उसने लेटे हुए आदमी को चादर ओढ़ा दी। बाहर बारिश तेज थी। शुरू में जिस बूढ़े ने दरवाजा खोला था उसने बरामदे में एक खूँटी पर टंगा छाता उतार लिया लिया और चारपाई पर लेटे आदमी के मुँह पर आधा छाता खोला और बंद कर दिया। वह आश्वस्त हो गया कि बाहर बारिश में यह छाता काम करेगा।

लोग चारपाई इस तरह उठाए हुए थे कि वह उनकी कमर तक ही उठी थी। दरवाजे पर आकर वे रुक गए। चारपाई ज्यों की त्यों दरवाजे से नहीं निकल सकती थी। बाहर निकलने के लिए उसे टेढ़ा करना जरूरी था। पाँव की तरफ के लोगों ने दहलीज के बाहर निकलकर चारपाई पकड़ी। चौड़ाई में भी एक तरफ के लोग हट गए। केवल तीन तरफ के लोगों ने एक ओर चारपाई टेढ़ी कर उसे बाहर निकालना शुरू कर दिया। चारपाई बार-बार फंसी जा रही थी।

बहुत धैर्य और सावधानी की जरूरत थी। चारपाई धीरे-धीरे आधी से ज्यादा झुक गई और उस पर लेटा व्यक्ति ढलान की तरफ लुढ़कने-सा लगा। दो-तीन लोगों ने झपटकर उसे सँभाला। पूरी हरकत को पीछे से नियंत्रित करने वाले अफसर ने झुंझलाकर उतावली दिखाने वाले को डाँटा—

"सँभाल के निकालो। अभी लाश गिर जाती।"

'लाश' शब्द ने माहौल को पूरी तरह से मथ डाला। औरतें सहम कर ठिठक गईं। बूढ़े ने एक लंबी सिसकारी मारी और अपने हाथ के छाते पर पूरा वजन डाल कर खड़ा हो गया। अचानक वह इतना बूढ़ा हो गया था कि उसे छाते का सहारा लेने की जरूरत पड़ने लगी।

औरतों ने पहली बार मिट्टी का मातम शुरू किया। उनकी दबी आवाज पूरी बुलंदी से उठने-गिरने लगी। कुछ ने अपनी छाती जोर-जोर से पीटनी शुरू कर दी। भ्रम का एक झीना-सा पर्दा, जिसे उन्होंने अपने चारों तरफ बुन रखा था, एकदम से तार-तार हो गया। जिस समय जख्मी वहाँ लाया गया होगा उस समय जरूर उसके जिस्म में हरारत रही होगी। धीरे-धीरे जिस्म मुर्दा हो गया होगा। पर वे इसे मानने को तैयार नहीं थीं। पहली बार 'लाश' शब्द के उच्चारण ने उनका परिचय इस वास्तविकता से कराया था।

उन औरतों में से दो-तीन झपटीं और बाँहें फैलाए मुर्दे के ऊपर गिर पड़ीं। तब तक चारपाई बाहर निकल गई थी। उसका आधा हिस्सा बारजे के नीचे था और आधा बारिश के नीचे। जो लोग पाँव के पास चारपाई पकड़े थे वे पूरी तरह से बारिश की मार में थे। औरतों के पछाड़ खाकर चारपाई पर गिरने के कारण चारपाई जमीन पर गिर पड़ी। बाकी औरतें भी चारपाई के चारों तरफ बैठ गईं। ऊपर बारिश थी, नीचे औरतों का मातमी दस्ता था और इन सबसे सराबोर होती हुई असहाय मर्दों की खामोश और उदास भीड़ थी।

मर्दों में से कुछ लोग आगे बढ़े। उन्होंने औरतों को हौले-हौले चारपाई से अलग करना शुरू किया। कुछ औरतें हटाई जाने पर

छटक-छटक कर फिर से लाश पर जा पड़तीं। मर्दो ने हलकी सख्ती से उन्हें ढकेलकर अगल किया।

पुलिस वालों और घर के मर्दों में से कुछ ने फिर से चारपाई उठा ली। इस बार उन्होंने चारपाई अपने कंधों पर लाद ली। तेज चाल से वे गली के बाहर की तरफ भागे। मुश्किल से दस कदम पर गली बाईं तरफ मुड़ती थी। पहले चारपाई औरतों की दृष्टि से ओझल हुई। फिर उसके पीछे चलने वाला काफिला भी धीरे-धीरे गायब हो गया। सिर्फ विलाप करने वाली औरतों की आवाजें उनका पीछा करती रहीं। धीरे-धीरे वे आवाजों की हद के बाहर चले गए। अगर बीच में ऊँचे-ऊँचे मकानों की दीवार न होती और वे देख सकते होते तो देखते कि औरतें घर के अंदर चली गई हैं और एक बूढ़ा आदमी बारिश की हलकी बौछारों के बीच छाते की टेक लगाए दरवाजे के बीच में खड़ा है। उसे दरवाजा बंद करना था लेकिन वह पता नहीं भूल गया था या शायद उसे ऐसा लग रहा था कि अब दरवाजा बंद करने का अर्थ नहीं रह गया है, इसलिए वह चुपचाप बेचैन खामोशी के साथ खड़ा था।

दो

कर्फ़्यू लगने के साथ-ही-साथ एकबारगी बहुत सारी चीजें अपने आप ही हो गईं। मसलन शहर का एक हिस्सा पाकिस्तान बन गया और उसमें रहने वाले पाकिस्तानी। यह हिस्सा जानसनगंज से अटाला और खुल्दाबाद से मुट्ठीगंज के बीच फैला हुआ था। हर साल दो-एक बार ऐसी नौबत जरूर आती थी जब शहर के बाकी हिस्सों के लोग इस हिस्से के लोगों को पाकिस्तानी करार देते थे। पिछले कई सालों से जब कभी शहर में कर्फ़्यू लगता तो उसका मतलब सिर्फ इस इलाके में कर्फ़्यू से होता। इसके परे जो शहर था वह इन हादसों से एकदम बेखबर अपने में मस्त डूबा रहता। जंक्शन से सिविल लाइंस की तरफ उतरने वालों को यह अहसास भी नहीं हो सकता था कि चौक की तरफ कितना खौफनाक सन्नाटा पसरा हुआ है। कटरा, कीडगंज या सिविल लाइंस के बाजारों में जिंदगी अपनी चहल-पहल से भरपूर रहती और मुट्ठीगंज में लोग दिन के उन चंद घंटों का इंतजार करते जब कर्फ़्यू में छूट होती और भेड़ों की तरह भहभड़ाकर सड़कों पर निकलकर नर्क से मुक्ति का अनुभव करते।

इस बार भी यही हुआ। शहर के पाकिस्तानी हिस्से में कर्फ़्यू लग गया। कुछ सड़कें ऐसी थीं जो हिंदू और मुस्लिम आबादी के बीच से होकर गुजरती थीं। उनके मुस्लिम आबादी वाले हिस्से में कर्फ़्यू लग गया और वहाँ जिंदगी पूरी तरह से थम गई जबकि हिंदू आबादी वाले हिस्सों में जिंदगी की रफ्तार कुछ धीमी पड़ गई।

शहर में कर्फ़्यू

सईदा के लिए यह पहला कर्फ़्यू था। पिछले जून में जब कर्फ़्यू लगा था तो वह गाँव गई हुई थी। जिस समय कर्फ़्यू लगा वह चीक में घण्टाघर के पास एक होमियोपैथिक डॉक्टर की दुकान में अपनी दूसरी लड़की को दवा दिलाने गई थी। उसकी बड़ी लड़की घर पर दादी के पास रह गई थी। सईदा पहले ही दिन से अपनी सास की चिरौरी कर रही थी यह उसके साथ-साथ डॉक्टर की दुकान तक चली चले। लेकिन एक तो बीड़ी का धंधा ऐसा था कि उसमें दो-तीन घंटे की बरबादी से दूसरे जून की रोटी खतरे में पड़ जाती थी और शायद इसलिए भी कि उसके ताबड़तोड़ दो-दो लड़कियों हो गई थीं और उसकी सास को उसकी लड़कियों में ज्यादा दिलचस्पी नहीं थी, वह आज तक टालमटोल करती रही। उसकी सलाह पर सईदा लड़की को परेलू दवाएँ देती रही, लेकिन आज जब सबेरे से वह पूरी तरह से पस्त दिखाई देने लगी तब उसने अपनी पड़ोसन सैफुन्निसा को बमुश्किल तमाम इस बात के लिए तैयार किया कि वह उसके साथ-साथ घंटाघर तक चले। बदले में उसने सैफुन्निसा के साथ चूड़ी की दुकान तक चलने का वादा किया जहाँ से सैफुन्निसा चूड़ी खरीदने के लिए काफी दिनों से सोच रही थी।

दवा लेकर वे अभी दुकान के बाहर निकली ही थीं कि कर्फ़्यू लग गया।

दरअसल कर्फ़्यू लगने की कोई औपचारिक घोषणा नहीं हुई लेकिन सैफुन्निसा के अनुभव ने उसे बता दिया कि कर्फ़्यू लग गया है। पूरे चौक में अजीब अफरा-तफरी थी। दुकानों के शटर इतनी तेजी से गिर रहे थे कि उनकी सम्मिलित आवाज पूरे माहौल में खौफ का जबरदस्त अहसास तारी कर रही थी। जिस तरह बच्चे कतार में ईंटें खड़ी करके उन्हें एक सिरे से ढकेलते हैं तो लहरों की तरह ईंटें एक के ऊपर एक गिरती चली जाती हैं, उसी तरह भीड़ के रेले नखखास की तरफ से घंटाघर की तरफ चले आ रहे थे।

"या खुदा...रहम कर" सैफुन्निसा के मुँह से अस्फुट स्वर निकला और उसने झपटकर सईदा की कलाई थाम ली। जब तक अवाक् मुँह बाए सईदा कुछ समझती तब तक वह उसे घसीटती हुई बजाजा पर लगभग पच्चीस-तीस गज आगे निकल गई।

"का हुआ बहन?"

"करफू...करफू...या खुदा किसी तरह घर पहुँच जाएँ।"

एक-एक कदम आगे बढ़ना मुश्किल था। विपरीत दिशा से लहरों की तरह जन-समुदाय फटा पड़ रहा था। दुकानदार बदहवास से अपना सामान समेट रहे थे। साइकिलें, रिक्शे, इक्के और गाड़ियाँ एक-दूसरे को धकेल कर आगे बढ़ने के चक्कर में इस कदर रेलपेल मचाए हुए थे कि आम दिनों के लिए पर्याप्त चौड़ी सड़क भी किसी पतली गली की तरह हो गई थी।

सैफुन्निसा सईदा को घसीटते हुए किसी तरह फलमंडी तक पहुँच पाई। फलमंडी के मुहाने पर रोज रेला लगाने वाले ठेले नदारद थे। ठेले वाले उन्हें लेकर बड़ी जल्दी में गलियों या घंटाकर की तरफ भागे थे, यह पहली नजर में देखने से ही स्पष्ट हो जाता था क्योंकि चारों तरफ आम, सेब और संतरे बिखरे पड़े थे जिन्हें बदहास लोग कुचलते हुए भाग रहे थे। सैफुन्निसा की समझ में कुछ नहीं आया तो वह सईदा को लेकर फलमंडी में ही घुस गई और उसे पार करती हुई वह सीधी मीरगंज की भूलभुलैया में भटक गई।

मीरगंज का जिस्म का व्यापार पूरी तरह ठंडा था। रंडियों ने अपने दरवाजे बंद कर लिए थे और रोज झुंड के झुंड मटरगश्ती करने वाले ग्राहकों का कहीं पता नहीं था। दो-दो, चार-चार घरों के बाद ऊपरी मंजिल की खिड़की से झाँकती हुई कोई रंडी, एक आम दृश्य था। इन रंडियों की आँखों में बेचारगी और गुस्सा स्पष्ट दिखाई पड़ता था क्योंकि इन्हें पिछले कई दंगों का अनुभव था। हर बार कर्फ़्यू लगने पर धीरे-धीरे वे फाके के करीब पहुँचती जाती थीं और ज्यादातर

कोठों पर तो चार-छह दिन बाद से ही माँड़ पीने की नौबत आ जाती थी।

सैफुन्निसा यहाँ के माहौल से पहले भी परिचित हो चुकी थी। दो बार वह अपने शौहर के साथ खरीदारी करने के लिए इन गलियों के पास की दुकानों पर गई थी, और बाहर से झांककर जितनी दूर देखा जा सकता था उतनी दूर तक इनका जायजा उसने लिया था। सईदा के लिए आज पहला मौका था जब वह इन गलियों को देख रही थी, इसलिए उसे अपराधबोध, सनसनी और शर्म की मिली-जुली अनुभूति हो रही थी। बिना सैफुन्निसा के बताए भी वह जान गई थी कि वह कहाँ आ गई है। सैफुन्निसा उसकी कलाई पकड़े खींचती चली जा रही थी। सन्नाटे और खौफ की वजह से गलियाँ उसे अजीब तरह की रहस्यमयता से भरपूर लग रही थीं। उन्हीं की तरह घबराए हुए इक्का दुक्का लोग पास से गुजरते हुए इस रंग को ज्यादा गहरा बनाते जा रहे थे। बड़ी मुश्किल से इन गलियों की भूलभुलैया में भटकते हुए वे गुड़ मंडी के पास वापस जी.टी. रोड पर निकलीं।

उस समय तक जी.टी. रोड काफी हद तक खाली हो गई थी। पुलिस की एक जीप बड़ी तेजी से उनके पास से गुजरी। उसमें बैठा हुआ एक अफसर उत्तेजित स्वर में लगाए जाने की घोषणा कफ़्र्यू। कर रहा था और लोगों से फौरन अपने-अपने घरों में लौट जाने की अपील कर रहा था।

कफ़्र्यू का ऐलान सईदा के लिए एक खौफनाक अनुभव था। अपने बच्चे को छाती में चिपकाए हुए वह पूरी तरह सैफुन्निसा की मर्जी पर खिची चली जा रही थी। सैफुन्निसा उससे अनुभवी और बहादुर थी इसलिए उसके ऊपर अपने को छोड़कर वह सुरक्षित अनुभव कर रही थी। दरअसल सईदा को इस शहर में आकर रहते हुए सिर्फ चार साल हुए थे और अभी भी इस शहर में वह अपने को पूरी तरह अजनबी महसूस करती थी। उसका घर पुरामुफ्ती के पास था और शादी के चार साल बाद भी उसका मन वहीं के लिए

हुड़कता था। उसका शौहर अपने पूरे परिवार के साथ बीड़ी बनाता था और शादी के बाद शुरू के कुछ महीनों को छोड़कर जब वह उसके साथ सिनेमा-बाजार वगैरह जाया करता था, उसे अकसर सौदा-सुलुफ लेने जाने के लिए साथी की जरूरत पड़ती थी और ऐसे समय सैफुन्निसा ही उसके काम आती थी। सैफुन्निसा का पति जीप फैक्टरी में चपरासी था, इसलिए उसे हर महीने बँधी-बंधाई रकम मिलती थी। वह बीड़ी बनाने का काम करती जरूर थी लेकिन शौकिया, सिर्फ अतिरिक्त आय के लिए। सईदा की स्थिति दूसरी थी। बीड़ी उसके परिवार का एकमात्र जरियामात्र थी। उसका पूरा परिवार औसतन रोज चौदह घंटा खटता था तब कहीं जाकर दो जून की रोटी का इंतजाम हो पाता था। शादी के दो-चार महीनों में ही उसने यह बात अच्छी तरह समझ ली थी कि उसके और उसके शौहर के लिए सिनेमा देखने या बाजार घूमने से ज्यादा जरूरी था कि घर के दूसरे सदस्यों के साथ अँधेरी सीलन-भरी तंग कोठरी में कमर झुकाए बीड़ी के बंडल बाँधते रहे और बच्चों का कम से कम पेट भर सकने का संतोष लिए रात में सो सके।

हालाँकि शहर की टेढ़ी-मेढ़ी अपरिचित गलियों में सैफुन्निसा का हाथ थामे गुजरते हुए सईदा को लग रहा था कि यह सफर कभी खत्म नहीं होगा लेकिन अंत में उसे अपनी गली मिल ही गई। उसकी गली भी वीरान थी, फिर भी इस गली में पहुँचते ही उसे एक किस्म की सुरक्षा का अनुभव होने लगा।

गली के मकान बुरी तरह बंद थे। दरवाजे खिड़कियों सभी पूरी तरह भिंचे हुए थे। ऐसा खौफनाक सन्नाटा और इतना डरावना एकांत सईदा ने आज तक अपनी गली में महसूस नहीं किया था। उसे लगा कि वीरान गली में वह अपना घर भूल जाएगी। उनके गली में पहुँचने के बाद दो-एक खिड़कियाँ हलकी सी खड़कीं। ऐसा लगा जैसे किसी ने झाँककर एकदम से खिड़की के पल्ले बंद कर दिए। खिड़कियों के इस तरह खुलने, बंद होने से सईदा का दिल और जोर-जोर से

धड़कने लगता। सैफुन्निसा का घर पहले पड़ता था। उससे कुछ और आगे सईदा का घर था।

सैफुन्निसा के हाथ छुड़ाकर अपने घर के अंदर घुसने के बाद उसके और अपने घर के बीच तीस-चालीस घर के फासले को पार करने में सईदा को कई युग लग गए। अपनी बेटी को सीने से चिपकाए जब वह अपने घर के सामने नाली डाँकते हुए दरवाजे पर पहुँची तो खौफ उसके सर पर खड़ा था। उसने हलके से दरवाजे पर दस्तक देनी चाही लेकिन दरवाजे पर हाथ रखते ही उसने पाया कि वह बुरी तरह से दरवाजा पीट रही थी।

सबसे पहले अंदर से उसकी सास के खाँसने की आवाज आई। फिर कोई मर्दाना कदमों की आहट आकर दरवाजे पर ठिठक गई। आहट से उसने पहचाना, यह उसका शौहर था। अचानक उसका मन करने लगा कि वह रोने लगे। घर के पास पहुँचते ही कोई अपरिचित-सी भावना थी जो उसे रोने के लिए मजबूर कर रही थी। जैसे ही उसके शौहर ने दरवाजा खोला वह सचमुच रोने लगी। पहले धीरे-धीरे फिर हुड़क-हुड़क। सईया की सास ने आगे बढ़कर उसकी बेटी को गोद में ले लिया। बेटी सुबह से ज्यादा पस्त नजर आ रही थी। उसके माथे पर हाथ फेरते-फेरते सास भी रोने लगी। पहली बार सईदा को अपनी सास से ममता महसूस हुई और वह जोर-जोर से रोने लगी।

"कुछ नहीं हुआ...सब ठीक हो जाएगा...अल्लाह सब ठीक करेगा।"

सास के कहने पर सईदा को लगा कि सचमुच कुछ नहीं हुआ

और सचमुच सब ठीक हो जाएगा। वैसे भी क्या हुआ था उसे कुछ नहीं मालूम था। वह तो भाग-दौड़ और सन्नाटे के खौफ से गुजरती हुई यहाँ तक आ गई थी। रास्ते में सैफुन्निसा के मुँह से उसे सिर्फ इतना पता चला कि कर्फ़्यू नाम की कोई चीज लग गई है जिसमें घर से बाहर निकलने की मनाही है। अगले कुछ दिनों में यह बात उसे ज्यादा अच्छी तरह समझ में आ सकी कि घर से बाहर न निकलने का क्या मतलब होता है।

तीन

कफ़्र्यू शुरुआती दौर में तो हर जगह लगा लेकिन जल्दी ही उन हिस्सों से उसका असर कम होने लगा जो पाकिस्तानी नहीं थे। इन हिस्सों में हिंदू रहते थे और हिंदू होने के नाते जाहिर था कि इस देश से सच्चा प्रेम करने वाले वही थे। इसलिए शुरू में तो लोग जरूर कुछ घंटों के लिए अंदर कैद हुए लेकिन जल्दी ही वे घरों के दरवाजे और खिड़कियाँ खोल-खोलकर बाहर झाँकने लगे। बच्चों ने माँ-बाप की आँखें बचाई और चबूतरों पर आकर बैठ गए। बीच-बीच में माँ-बाप कान पकड़कर चीखते-चिल्लाते बच्चों को घर के अंदर पटक देते लेकिन फिर बच्चे छूटकर अंदर से बाहर भाग जाते।

बीच-बीच में दो-दो, चार-चार की तादाद में पुलिस वाले आते और बच्चों को हड़काते हुए चबूतरों पर डंडे पटकते चले जाते। बच्चों की हिम्मत इतनी बढ़ गई कि वे गलियों में गुल्ली-डंडा से लेकर क्रिकेट तक के तमाम खेल खेलने लगे। कुछ औरतें भी बाहर दरवाजों पर निकलकर बतियाने लगीं। उनकी चिंता का मुख्य विषय था कि बच्चे खेलते हुए गली में बाहर सड़कों पर न चले जाएँ और दफ्तरों, दुकानों या कारखानों में गए उनके मर्द सही-सलामत घर लौट आएँ। ज्यादातर परिवारों के कमाने वाले अभी तक नहीं लौटे थे। कुछ के बच्चे भी स्कूलों में फँस गए थे।

जैसे-जैसे देर होती जा रही थी कि औरतों की घबराहट भी बढ़ती जा रही थी। गली काफी घने मकानों की बस्ती थी लेकिन वस्ती के बीच में एक छोटा-सा जमीन का टुकड़ा खाली पड़ा था। इसे किसी ने

बरसों पहले खरीद लिया था। लेकिन अभी तक उस पर कोई निर्माण नहीं किया गया था। बरसों से यह मुहल्ले भर का कूड़ाखाना बना हुआ था और बरसों से मुहल्ले की औरतें सामूहिक संकट या खुशी के क्षणों में वहाँ एकत्र होकर बतियाती चली आ रही थीं। धीरे-धीरे कई औरतें वहीं इकट्ठी हो गईं। जिनके मर्द और बच्चे वापस आ गए थे उन्होंने अपने सभी लोगों को घरों के अंदर कर लिया और खिड़कियों, छज्जों से सारी कार्यवाही देखने लगीं और जिनके परिवार का कोई सदस्य बाहर रह गया था उन्होंने बाहर खुली जगह पर अपने को इकट्ठा कर लिया और बतियाने लगीं। उनकी आवाजों में उत्तेजना और दुख भरा था।

धीरे-धीरे अँधेरा गली में पसरने लगा था और बाहर लगता था कि कर्फ़्यू पूरी सख्ती के साथ लग गया था। इसलिए बाहर से गली में आमद बहुत कम हो गई। इक्का-दुक्का मर्दों के अलावा चार-पाँच बच्चे ही अंदर आ पाए थे। इन मर्दों और बच्चों के साथ कुछ औरतें घरों के अन्दर चली गईं। आने वाले अपने साथ अफवाहों का पुलिंदा लेकर आए थे।

उनके पास तरह-तरह की खबरें थीं। मसलन दसियों हिंदुओं के शव नालियों में पड़े हुए थे या पुलिस ने लाशें कई ट्रकों में लादकर जमुना में बहा दी थीं।

यह गली भी करीब-करीब पड़ोस की उस गली की ही तरह थी जिसमें मुसलमान रहते थे। उसी तरह गंदी, मुफलिस और दुर्गंध-युक्त। घरों के पाखानों की गंदगी बह-बह कर गली की नालियों में पहुँच रही थी और यद्यपि गली के नियमित बाशिंदों को इससे कोई फर्क नहीं पड़ता था फिर भी बाहर से पहली बार गली में आने पर यह सम्भव नहीं था कि कोई बिना नाक पर रूमाल रखे गली में प्रवेश कर जाए। फर्क सिर्फ इतना था कि यह हिंदुओं की गली थी इसलिए कर्फ़्यू ने लोगों को घरों के अंदर बंद नहीं किया था। उनके ऊपर सिर्फ गली के बाहर निकलने पर पाबंदी लगी थी।

गली में देवी लाला का प्रवेश एक कॉमिक रिलीफ की तरह था।

देवी लाला रोज की तरह सुबह गली से निकल गए थे और रोज की ही तरह गिरते-पड़ते गली में लौट रहे थे। फर्क सिर्फ इतना था कि रोज 9-10 बजे रात के बाद लौटते थे और आज दो-तीन घंटा पहले लौट रहे थे। रोज गली के ज्यादातर लोग जिस समय खाना खा रहे होते हैं उसी समय देवी लाला की शराब डूबी कर्कश स्वर-लहरी हवा में तैरती है। आज देवी लाला कुछ पहले आ गए थे। रोज की तरह न तो वे चहक रहे थे और न ही शराब पीने से पैदा हुआ आत्मविश्वास ही उनके अंदर था। वे कुछ परेशान से थे। एक तो उन्हें शराब नहीं मिली थी और दूसरे उनको रास्ते में कई जगह गिरते-पड़ते आना पड़ा था। इससे उनके जिस्म पर जगह-जगह खरोंचें आ गई थीं और उनके पाजामे के पाँयचे नालियों के पानी और गंदगी से सराबोर थे।

देवी लाला पेशेवर खून बेचने वालों में से थे। वह हर दूसरे-तीसरे दिन स्वरूपरानी अस्पताल में जाकर अपना खून बेचते थे और चालीस-पचास रुपया लेकर लौट आते थे। इसी आमदनी के बल पर वे शाम को ठर्रा चढ़ाकर लौटते थे। आज उन्होंने खून जरूर बेचा पर पी नहीं पाए। उसके पहले ही कर्फ़्यू लग गया। वे तब तक कर्फ़्यू वाले इलाके में प्रवेश कर गए थे। अगर कहीं उन्हें पहले पता चल जाता तो वे शराब पीकर ही कर्फ़्यू में घुसते। एक बार घुस जाने के बाद उन्होंने बाहर निकलने की कोशिश भी की लेकिन शटरों के गिरने, लोगों के बदहवास भागने-दौड़ने और पुलिस की लाठियों ने एक अजीब-सा चक्रव्यूह निर्मित कर दिया था। इस चक्रव्यूह में वे सिर्फ आगे को भाग पा रहे थे और काफी देर बाद उन्हें सँभलने का होश आया तो वे अपने घर की गली के मुहाने पर थे। देवी लाला को देखते ही गली के कुछ बच्चे इकट्ठे हो गए और रोज का कोरस शुरू हो गया—

देवी के दो टोपी

बकरी के दो कान

देवी लाला हगने पहुँचे
उनको पकड़ लिया शैतान

औरतों ने इस परेशानी के माहौल में भी हँसना शुरू कर दिया। दो-एक ने बच्चों को डाँट-डपट कर चुप कराना चाहा। पता नहीं यह माहौल में छाए आतंक और उदासी का असर या या देवी लाला की निष्क्रिय प्रतिक्रिया का कि बच्चे आज चुप हो गए। रोज की तरह उन्होंने रोकने पर और ज्यादा उछल-उछल कर देवी लाला की मिट्टी पलीद नहीं की। शराब न पीने की वजह से देवी लाला को अपना शरीर टूटता-सा नजर आ रहा था और उन्हें बोलने में दिक्कत महसूस हो रही थी।

"कस लाला, दंगे में बहुत लोग मेरे का?"

प्रश्न देवी लाला से पूछा गया था। वे अकेले आदमी थे जो कर्फ़्यू लगने के बाद, कर्फ़्यूग्रस्त इलाके से होते हुये मुहल्ले में पहुँचे थे इसलिए विशिष्ट होने के अहसास से ग्रस्त थे। उन्होंने अपनी खास शैली में आँखें सिकोड़ीं और पूरे आत्मविश्वास से बोलने की कोशिश की। यद्यपि शराब न पीने से उनकी जबान लड़खड़ा रही थी, फिर भी उन्होंने संयत होने की पूरी कोशिश की।

"अरे चाची, शहर में लहाश ही लहाश हैं। दुई दरक में लहाश जाते तो हम खुद देखा...पुलिस वाले जमुना में बहाने ले जा रहे थे। मुसल्ले मार छुरा-चाकू चमकाए घूम रहे हैं। हिंदुन बेचारों का तो कोई रखवाला नहीं है।"

हे भगवान, जो लोग अभी घर नहीं लौटे उनका क्या होगा?

जिन औरतों के पति और बच्चे घरों को नहीं लौटे थे उनके चेहरे उतर गए और कुछ ने तो हौले-हौले विलाप करना शुरू कर दिया। जिनके घर के लोग सही-सलामत लौट आए थे उन्होंने चटखारे लेने शुरू कर दिए—

"तो लाला, क्या मुसलमान पुलिस के रहते चाकू-छुरा लिए घूम रहे हैं?"

घूम रहे हैं? अरे घोंप रहे हैं। कई तो हम अपने सामने मारते देखे। हिंदू बेचारे पट-पट गिर रहे हैं। अब इन मुसल्लों को जान लेने में कितनी देर लगती है। पुलिस इनका क्या बिगाड़ लेगी। कितनी लहाशें तो हमारे पैर के नीचे आते-आते बचीं।"

देवी लाल हाँके जा रहे हैं। शराब न पिए रहने से थोड़ा आत्मविश्वास जरूर बीच-बीच में गड़बड़ा जाता है लेकिन लोगों के चेहरों पर तैरने वाली जिज्ञासा और आतंक उन्हें फिर से बोलने की प्रेरणा दे देता है। वे बोल रहे थे और उत्सुक-परेशान चेहरे उन्हें सुन रहे थे। यह क्रम तभी टूटता जब बाहर से गिरता-पड़ता कोई और प्राणी गली में प्रवेश कर जाता और सुनने वालों की भीड़ उसे घेर लेती। कर्फ़्यू लगने के तीन-चार घंटे बाद चूंकि जमकर बारिश हुई थी इसलिए आने वाला बुरी तरह बारिश में नहाया होता और पाजामे या पैंट के नीचे का पाँयचा गली के कीचड़ से लथपथ होता। हर आने वाला आता और उत्सुक भीड़ के पास खड़े होकर कुछ न कुछ नये तथ्य बताता। जब तक उसकी बीवी या बच्चे उसे घसीट न ले जाते तब तक वह लोगों के चेहरे पर खिंची विस्मय और अविश्वास की लकीरों का आनंद लेता रहता।

पुलिस और पी.ए.सी. के सात-आठ जवान डंडे जमीन पर फटकारते गली के मुहाने में मोहल्ले के अंदर घुसे। उनके घुसते ही लोग हड़बड़ाकर भागे। गिरते-पड़ते लोगों को भागत देखकर पुलिस वालों में से एक-दो को मसखरी सूझी। उन्होंने और जोर से लाठियाँ जमीन पर पटकीं और हवा में गालियाँ उछालते हुए दौड़ने का नाटक किया। लोग और जोर से भागे और गली के कीचड़ और नालियों के पाखानों में पैर सानते हुए अपने-अपने घरों में दुबक गए। जिनके दरवाजे बंद थे उन्होंने उन्हें बुरी तरह पीट डाला।

घरों में बंद होकर बच्चों ने खिड़कियों से अपनी नाक सटा दी और आँखें बाहर एकत्रित पुलिस वालों पर केंद्रित कर लीं। औरतें किवाड़ों की दरारों से चिपक गईं। मर्द अपने मर्द होने के अहसास से

दबे अपनी उत्सुकता का प्रदर्शन नहीं कर सकते थे अतः बंद उमसभरे कमरों में पंखों के नीचे बैठे अपने उघड़े बदन खुजलाते रहे। बारिश बंद हुए काफी देर हो चुकी थी और एक बार फिर से उमस पूरे माहौल पर तारी हो गई थी।

पुलिस वाले बाहर एक चबूतरे पर बैठ गए। उनमें से एकाध चबूतरे की जमीन पर पसर गए। इस भगदड़ में देवी लाला भी डरकर एक कूड़े के ढेर के पीछे छिप गए थे। दिन में भागते समय दो-चार लाठियाँ उनके पैर और पीठ पर पड़ी थीं इसलिए पुलिस वालों को देखकर वे भी डर गए। थोड़ी देर तक वे दुर्गंधमय कूड़े को अपने चेहरे व नाक पर झेलते रहे फिर साहस बटोरकर उन्होंने उचककर देखा कि पुलिस वालों में एक स्थानीय थाने का सिपाही भी था जिसे वे मिश्रा नाम से जानते थे और जिसके साथ बैठकर उन्होंने कई बार शराब पी थी। मिश्रा को देखते ही उनका साहस लौट आया और वे कूड़े के ढेर को लगभग ढकेलते हुए उठ बैठे।

"जयहिंद पंडित जी। हम तो बेकार डर रहे थे।"

"कौन? देवी लाला, जय हिंद, जय हिंद। कहो कहाँ छिपे हो?"

"कइसा मोहल्ला है भाई...ससुर पानी को भी तरस गए। आज दोपहर से एक बूँद पानी नहीं गया हलक में। कुछ चाय-वाय का इंतजाम करो भाई।"

देवी लाला झपटकर एक मकान के बंद दरवाजे पर पहुँचे और लगे दरवाजा पीटने।

"कौन है? क्या है? घर में कोई मानुष नहीं है।" अंदर से जनानी आवाज आई।

"देवी लाला हैं। बाहर दरोगा जी खड़े हैं। खोलो, दरवाजा खोलो, पानी चाहिए।"

रामसुख कंपोजीटर ने तो नहीं लेकिन देवी लाला की आवाज से आश्वस्त होकर उसकी बीवी ने आधा दरवाजा खोला।

बाहर लाठियों और बंदूकों के साथ पुलिस उनके साथ थी इसलिए देवी लाला काफी जोश में थे। उन्होंने कड़कदार आवाज में एक बार फिर से रामसुख को बाहर आने को ललकारा। रामसुख की पत्नी ने एक बार फिर मिमियाते हुए बताया कि रामसुख घर में नहीं पर देवी लाला ने मानने से इनकार कर दिया। अंत में बात इस पर खत्म हुई कि रामसुख की घरवाली गरमागरम चाय बनाकर सबको पिलाए।

चाय बनकर जब तक बाहर आई तब तक कुछ घरों की खिड़कियों के पल्ले आधे-पूरे खुल चुके थे। कुछ बच्चों ने दरवाजों के बाहर निकलने की कोशिश की लेकिन सिपाहियों ने उन्हें डाँटकर अंदर कर दिया। पर जब चाय बाहर आने लगी तो देवी लाला ने रामसुख के दो लड़कों को मदद के लिए बाहर बुला लिया। उनकी देखा-देखी अगल-बगल के दो लड़के और निकल आए। सिपाहियों ने बेमन से उन्हें डाँटा और फिर चाय पीने में लग गए। लड़के भी ढीठ की तरह पहले अपने दरवाजों से चिपके रहे और फिर धीरे-धीरे गली में उतर आए। थोड़ी देर में बच्चों की अच्छी-खासी भीड़ पुलिस वालों के इर्द-गिर्द इकट्ठी हो गई। वे ललचाई आँखों से उनके हथियार देखते रहे और उन हथियारों के नाम एक-दूसरे को बताते रहे। बीच-बीच में पुलिस वालों में से कोई उन्हें झिड़क देता या अपनी लाठी जमीन पर पटक देता। बच्चे भागते और थोड़ी दूर पर फिर इकट्ठा हो जाते। वे कोरस में गाते—

हिंदू-पुलिस भाई-भाई, कटुआ कौम कहाँ से आई।

पुलिस वाले हँसते और कोई गाली-वाली देकर फिर चाय पीने लग जाते। देवी लाला उनके खाने का इंतजाम करने लगे। कर्फ़्यू हर दूसरे-तीसरे साल लगता था। पुलिस वाले हर बार इसी गली में या बगल की किसी गली में खाना खाते। यहाँ खाना खाकर मुहल्ले वालों से कुछ हँसी-मजाक करते और फिर पाकिस्तानी गलियों में कर्फ़्यू लगाने चले जाते।

गली में कोई घर ऐसा नहीं था जो अकेले इस पूरी टुकड़ी के लिए माकूल इंतजाम कर सकता। देवी लाला एक-एक घर का हाल जानते थे इसलिए उन्होंने किसी घर पूड़ी छनवाई, कहीं आलू की भुजिया तली गई और दो-एक घरों से डाँटकर अचार और चटनी इकट्ठा की गई।

पुलिस वाले जब तक खाने बैठे तब तक काफी लोग साहस बटोरकर उनके इर्द-गिर्द इकट्ठे हो गए थे। ये हिंदू लोग थे इसलिए स्वाभाविक रूप से देश की सबसे ज्यादा चिंता उन्हें ही थी। उन्होंने पुलिस टुकड़ी में अपने परिचितों को तलाश लिया या नए सिरे से परिचय प्राप्त कर लिया और उन्हें उत्तेजित लहजों में गोपनीय ढंग की सूचनाएँ देने लगे। किसी को जानकारी थी कि पाकिस्तानी गली में फलों के घर में ट्रांसमीटर लगा हुआ है जिससे एक-एक पल की सूचना भेजी जा रही है। इसीलिए तो जो दंगा दोपहर बाद हुआ उसकी खबर शाम को बी.बी.सी. से आ गई। जो सज्जन ट्रांसमीटर वाली जानकारी दे रहे थे उनके एकाध ईर्ष्यालु पड़ोसियों ने पूछा भी कि उन्होंने बी.बी.सी. कब सुना लेकिन सबने यह मान लिया कि बी.बी.सी. ने जरूर यह खबर दी होगी। कुछ लोगों ने पाकिस्तानी गली के कुछ मकान बताए जिनमें उनके अनुसार हथियारों के जखीरे थे। इन हथियारों की तफसील लोगों ने अपने-अपने सामान्य ज्ञान की जानकारी के अनुसार अलग-अलग दी। ज्यादातर लोगों ने सिनेमा और अखबारों में पिस्तौलों और बमों के बारे में देखा-पढ़ा था इसलिए उसके अनुसार उनमें पिस्तौलों और बमों को इकट्ठा किया गया था। कुछ लोगों ने स्टेनगन भी छिपाए जाने की सूचना दी। पुलिसकर्मियों ने जानकारियाँ इकट्ठी की। वे हर बार दंगों में पाकिस्तानियों को सबक सिखाते थे। इस बार भी ये जानकारियाँ उनके काम आने वाली थीं।

पुलिस वालों ने खाना खाया और नालियों पर खड़े होकर हाथ-मुँह धोया। वे थोड़ी देर तक दांत-वाँत खोदते रहे फिर बगल वाली गली में पाकिस्तानियों को सबक सिखाने चले गए।

शहर में कर्फ़्यू

रात काफी ढल चुकी थी। आम तौर से इस समय तक यह गली थक-थकाकर सो जाती थी लेकिन आज गली में घरों, सीढ़ियों और चबूतरों पर लोगों के छोटे-छोटे समूह इकट्ठा थे। फर्क सिर्फ इतना था कि गली की नालियों पर चारपाइयाँ नहीं पड़ी थीं। बावजूद इसके कि यह हिंदुओं की गली थी और कर्फ़्यू सिर्फ इस हद तक लगा था कि लोग गलियों के बाहर मुख्य सड़क तक नहीं जा सकते थे फिर भी वे उमस भरी रात में घर के अंदर सोने को मजबूर थे। घरों के अंदर जाने की कल्पना ही उबाऊ थी इसलिए लोग बाहर गलियों में बैठ गए और गप्प लड़ाते रहे। दूसरे, वे निश्चिन्त थे कि गली में बैठने में कोई खतरा नहीं था। दिहाड़ी कमाने वाले जरूर परेशान थे कि अगर कर्फ़्यू तीन-चार दिन चल जाएगा तो घर में जलने वाले चूल्हे की रफ्तार मंद होती जाएगी। पिछले सालों में जब तक शहर के हुक्मरानों को लगता कि शहर को अच्छी तरह सबक नहीं सिखाया गया है तब तक वे कर्फ़्यू उठाने को टालते जाते। दो-तीन दिन लगातार कर्फ़्यू रहते ही दिहाड़ी वाले त्राहि-त्राहि करने लगते।

गली के एक कोने पर अचानक दो-तीन पत्थर किसी दरवाजे से टकराए। सीढ़ियों-चबूतरों पर बैठे लोग भड़भड़ाकर भागे। कुछ लोग नालियों में फँसकर गिर गए। कुछ औरतों ने चीखना शुरू कर दिया। बच्चों को सँभालने के चक्कर में औरतें गिर-गिर पड़ीं। लेकिन यह बदहवासी चंद मिनटों की रही। जल्द ही लोगों को समझ में आ गया कि गली पर बाहर से कोई हमला नहीं हुआ बल्कि गली के किनारे इकट्ठे बैठे लड़कों ने ही उठकर यूसुफ दर्जी के मकान के बंद दरवाजे पर दो-तीन अद्धे मार दिए थे। यूसुफ दर्जी इस गली में अकेला मुसलमान था। देश-विभाजन के समय उसके सभी भाई पाकिस्तान चले गए थे और सिर्फ वही रह गया था। हर दंगे में उसकी बीवी उसे तीस-पैंतीस साल पुरानी बेवकूफी पर कोसने लगती और हर दंगे में वह फैसला करता कि इस गली का मकान बेचकर वह किसी सुरक्षित जगह पर मकान ले लेगा। लेकिन हर बार दंगा खत्म

होने के बाद वह दो-तीन दिन सभी जगह पर मकान तलाशता और फिर चुपचाप सिर झुकाए कपड़े सीने लगता। दंगों में यूसुफ दर्जी के परिवार के लिए फर्क सिर्फ यह पड़ता कि वह अपने मकान में कैद हो जाता। मकान चारों तरफ से बंद कर दिया जाता। दरवाजों पर तख्त और चारपाइयाँ टिका दी जातीं और घर के कमरों में लोग चुपचाप सन्न होकर बैठ जाते।

यूसुफ दर्जी के नौ बच्चे थे। इनमें छह लड़कियाँ थी। लड़कियों विभिन्न उम्रों की थीं और अपनी-अपनी उम्र के मुताबिक लफड़ों में लिप्त थीं। ये लफड़े मुहल्ले के तमाम लड़के-लड़कियों के लफड़ों की तरह थे, जो स्कूल जाने की उम्र से शुरू होते थे और शादी होते ही खत्म हो जाते थे। आज तक तो इस गली में ऐसा हुआ नहीं कि जिसके साथ छुप-छुपाकर आँखें लड़ाई गई हों, किताबों-कापियों में छुपाकर चिट्ठियाँ भेजी गई हों उसी से शादी हो गई हो। भविष्य में भी ऐसा होने की संभावना नजर नहीं आती थी। इसलिए यूसुफ दर्जी की लड़कियाँ स्कूल आते-जाते या अपने घर की खिड़की-दरवाजे पर खड़े होकर निष्काम भाव से लड़कों को देखकर मुस्करा देतीं आँखें नीची करके तेजी से बगल से निकल जातीं।

आज भी कर्फ़्यू लगने से उत्पन्न हुई बोरियत को दूर करने के लिए ये लड़कियाँ बारी-बारी से खिड़की पर आकर बैठ जातीं और नीचे गली में चबूतरे पर बैठे लड़कों की सीटियों और फब्तियों पर मुस्कराकर हट जातीं। यूसुफ दर्जी का पुश्तैनी मकान इस मुहल्ले के मकानों के लिहाज से काफी बड़ा था। नीचे दो कमरे थे, आँगन था और रसोई थी। ऊपर एक कमरा था और खुली छत थी। छत की दीवारें जरूर यूसुफ ने अपनी लड़कियों और दंगों की वजह से काफी ऊँची करा दी थीं।

पूरे घर में सहमा हुआ सन्नाटा था। यूसुफ और उसकी बीवी ने बाहरी दरवाजा बंद करके उस पर तख्ते और चारपाइयाँ खड़ी करके मजबूती प्रदान की थी। यूसुफ कर्फ़्यू लगते ही बड़ी मुश्किल

से गिरता-पड़ता अपनी दुकान बंद करके घर आया था। वह काफी देर तक घर के दरवाजे बंद करके औंधे मुँह बिस्तर पर पड़ा रहा। उसकी बीवी स्वर नीचा किए उसे कोसती रही। लड़के-लड़कियाँ सहमे-सहमे कोनों में दुबके रहे। अँधेरा होने पर लड़कियाँ बारी-बारी से ऊपर कमरे में खिड़की तक आने-जाने लगीं। माँ ने खाना पकाना शुरू किया और लड़कियों में से दो-एक को धौल-धप्पे लगाकर अपने साथ रसोई में लगा लिया। बाप बीच-बीच में जरा भी शोर होने पर दाँत पीस-पीसकर लड़कों-लड़कियों को गालियाँ देता।

खाना बन जाने पर यह क्रम टूटा और पूरा परिवार नीचे इकट्ठा होकर खाना खाने बैठा। बीवी परोसती रही और यूसुफ दर्जी अपनी आदत के विपरीत बिना कुछ बोले खाना खाता रहा। इस बीच बाहर चबूतरे पर बैठे लड़कों का धैर्य जवाब दे गया। उन्होंने पहले तो एकाध ककड़ियाँ ऊपर खिड़की पर फेंकीं और जब कोई लड़की खिड़की पर नजर नहीं आई तो तीन-चार अद्धी और पूरी इंटें उठाकर दरवाजे पर दे मारीं।

दरवाजे पर ईंट लगते ही जो भगदड़ की आवाजें हुईं, उन्होंने यूसुफ दर्जी के पूरे परिवार को खौफ के समुद्र में डुबो दिया। छोटे बच्चों ने रोना शुरू कर दिया। यूसुफ ने दहशत-भरी आँखों से दरवाजे की तरफ देखा। दरवाजे पर चारपाइयाँ रखी थीं। लेकिन फिर भी अगर बाहर से दबाव बढ़ता तो पुराने वक्त की मार खाया दरवाजा कितनी देर तक टिक पाता? उसने अपने छोटे लड़के को कुछ इशारा किया और उसने खिड़की बंद कर दी। यूसुफ और उसकी बीवी ने दो-तीन भारी सामान और उठाकर दरवाजे से लगा दिए। बच्चों के ग्रास निगलते हाथ रुक गए और उन्होंने अपनी खौफजदा आँखें दरवाजों पर टिका दीं।

बाहर गली में भी ईंटों की आवाजों ने लोगों को कुछ देर के लिए अस्त-व्यस्त का दिया। लेकिन जल्दी ही उनकी समझ में आ गया कि यह कोई बाहरी हमला नहीं था बल्कि गली के ही लड़कों ने यूसुफ दर्जी के मकान पर पत्थर फेंके थे।

लोगों ने लड़कों को गालियों से झिड़का। जो लोग दूसरी गलियों के मुसलमानों के यहाँ पाकिस्तानी ट्रांसमीटर और हथियारों का जखीरा होने का बयान कर रहे थे उन्हीं को समझ में यह नहीं आया कि कैसे अपनी गली के मुसलमान के मकान पर हमला किया जा सकता है। एक साथ इतने लोग ललकारने लगे कि शरारती लड़के सहम कर दुबक गए गली वालों को भी अहसास हुआ कि इस अफरा-तफरी में इस अकेले मकान को वे पूरी तरह से भूल गए थे। वे मकान के सामने इकट्ठे हो गए। दो-तीन ने अलग-अलग आवाजें लगाकर यूसुफ को दरवाजा खोलने को कहा पर अंदर से कोई आहट नहीं आई।

"आज पहला दिन है आज दरवाजा नहीं खोलेंगे" किसी ने कहा। बात सही थी क्योंकि पहले भी कर्फ़्यू के दौरान दो-एक दिन तक यूसुफ के घर का दरवाजा नहीं खुलता था। "यूसुफ भाई, घबराना नहीं। हम लोग यहाँ हैं", देवी लाला ने अपनी शराब की प्यासी जबान की ऐंठन को दबाते हुए कहा। लड़कों ने यह बात पकड़ ली। उन्होंने समवेत स्वर में गाना शुरू कर दिया—

यूसुफ तुम संघर्ष करो, हम तुम्हारे साथ हैं।

अभी-अभी चुनाव खत्म हुआ था और नारा लड़कों की जुबान पर चढ़ा हुआ था। बड़ों ने उन्हें झिड़कने की कोशिश की पर उनका कोई असर नहीं पड़ा। वे लोग अलग-अलग समूहों में तितर-बितर हो गए।

थोड़ी देर में ऊपर वाली खिड़की खुल गई और लड़के भी नीचे सामने वाले चबूतरे पर जम गए।

चार

कफ़्र्यू का दूसरा दिन था और सईदा की बेटी पूरी तरह पस्त हो गई थी। अगस्त की सड़ी गर्मी ने लगातार बंद कमरे को नर्क में तब्दील कर दिया था। इस नर्क में घिरी औरतों और मर्दें के जिस्मों की गंध के साथ बच्चों के पाखाने की बदबू भी शरीक हो गई थी। तेरह गुणा पाँच फीट के कमरे और उसके साथ लगे आठ गुणा पाँच फुट के बरामदे में लोग कैद थे। इसमें सईदा, उसका शौहर, उसकी सास और ससुर, उसकी एक बड़ी ननद, दो छोटे देवर ऐसे थे जिन्हें बड़ा कहा जा सकता है। उसकी ननद का सात साल का लड़का और उसकी दो बेटियाँ तीन ऐसे प्राणी थे जिनकी गिनती छोटों में हो सकती थी।

अपने गाँव से जब सईदा ब्याह कर इस घर में आई थी तो बहुत सारी चीजों से वह सहज नहीं हो पाई थी। वह मुहल्ला जिसे मिनहाजपुर के नाम से पुकारा जाता था, मुख्य रूप से मुसलमानों का मोहल्ला था और अधिसंख्य मुस्लिम मोहल्लों की तरह गरीबी, गंदगी और जहालत से बजबजाता रहता था। बड़ी मुश्किल से सईदा यह बात समझ पाई कि यह छोटा-सा कमरा उसका पूरा घर है। इस कमरे में सास, ससुर, देवर, ननद की उपस्थिति में उसे अपने दांपत्य जीवन की शुरुआत करनी थी। शुरू-शुरू में तो वह जड़ हो जाती थी। एक कमरे के इस घर में पीछे की तरफ एक बरामदा था जिससे सटा हुआ छोटा-सा पाखाना था। इस पर एक टाट का पर्दा टंगा रहता था और उठाऊ होने के कारण कभी भी यह पूरी तरह से साफ नहीं

होता था। एक खास तरह की बदबू इससे हमेशा निकलती रहती थी। सईदा को इस बदबू के साथ जीने की आदत डालने में कई महीने लग गए।

इसी बरामदे में सईदा को विवाहित जीवन का शुरुआती आनंद प्राप्त हुआ। पहली रात को छोड़कर, जब उसके सास-ससुर सभी को लेकर बाहर गली में नाले पर सोने चले गए थे, बाकी लगभग रोज ही कोई न कोई कमरे में बना रहता, कभी-कभी तो पूरा कुनबा ही अंदर मौजूद रहता। सईदा का पति बरामदे में जमीन पर बिस्तर बिछाकर पड़ा रहता और उतावलेपन के साथ सईदा का इंतजार करता। वह देर होने पर हास्यास्पद ढंग से खाँसता और उसकी खाँसी की आवाज सुनकर सईदा का बदन काठ की तरह तन जाता। उसे पति की बेहयाई पर बेहद गुस्सा आता और उसका गुस्सा तब तक बना रहता जब तक वह धीरे से उठकर जमीन पर पूरे कमरे में सोये लोगों को लांघते-फलाँगते अपने पति के बगल में जाकर पसर नहीं जाती।

कर्फ़्यू का दूसरा दिन था और सईदा को छोड़कर परिवार के बाकी सभी सदस्यों को मालूम था कि अभी अगले कई दिनों तक इसमें छूट नहीं हो सकती थी। शहर के हुक्काम कभी-कभी सबक सिखाने के लिए कर्फ़्यू कई दिनों तक नहीं हटाने के सिद्धान्त पर विश्वास करते थे और जब उन्हें यह इत्मीनान हो जाता कि उन्होंने काफी सबक सिखा दिया है तभी वे कर्फ़्यू हटाते।

बंद कमरे में पड़े रहने से सईदा को दो दिक्कतें महसूस हो रही थीं। एक तो उसकी बिटिया की बीमारी थी जिसको देखकर उसकी अनुभवी सास को लग रहा था कि उसके बचने की संभावना बहुत कम थी। उसकी सास ने कुल ग्यारह बच्चे पैदा किए थे जिनमें सात मर चुके थे। बच्चों को मरते देखने का उसे कुछ ऐसा अनुभव था कि उसे अब किसी भी मरते हुए बच्चे को देखकर उसकी आसन्न मृत्यु का आभास हो जाता था। सईदा की दूसरी दिक्कत बड़ी अजीब किस्म की थी।

वह जिस परिवेश से इस शहर में आई थी वहाँ इस तरह की दिक्कत की कल्पना भी उसके लिए हास्यास्पद थी। वहाँ रोज सुबह मुँह अँधेरे अल्युमिनियम का लोटा हाथ में लिए अपनी किसी बहन या पड़ोसन के साथ दूर खेतों में निकल जाती। उसके गाँव में दो-एक जमींदार घरों को छोड़कर बाकी किसी के यहाँ घर में पाखाना नहीं था। औरतें सुबह-शाम अँधेरे में खेतों में चली जाती थीं। जिन दिनों खेत खाली होते उन दिनों वे किसी छोटी-मोटी झाड़ी या ऊँची मंड़ के पीछे छिप जाती थीं। इस क्रम में बदलाव तभी आता था जब बारिश पड़ती थी या जब किसी का पेट खराब हो जाता था।

सईदा की सास ने उसे पहले ही दिन बता दिया कि यहाँ उसे क्या करना पड़ेगा। उसके सास-ससुर देहात से आकर इस गली में बसे थे, इसलिए उसकी सास जानती थी कि गाँव से पहली बार आने पर औरत के सामने क्या-क्या दिक्कतें आ सकती हैं। पहली ही शाम सईदा घर के संडास में गई तो उल्टियाँ रोकते-रोकते उसका बुरा हाल हो गया। उसकी आँखों से बुरी तरह पानी बहने लगा था और खट्टी पित्त-भरी लार उसके होठों के कोनों से रिस-रिस कर उसके कपड़े भिगो गई। संडास छह गुणा तीन फुट का उठाऊ पाखाना था, जिसकी छत इतनी नीची थी कि उसमें मुश्किल से खड़ा हुआ जा सकता था। अँधेरे, सीलन-भरे इस कमरे में एक तेज बदबूदार गंध हर समय उठती रहती थी और उसका दरवाजा खुलते ही यह गंध पूरे घर पर भभके की तरह छा जाती थी। दरवाजा बंद होने पर भी घर के पूरे भूगोल पर यह गंध एक धीमे अवसाद की तरह छाई रहती थी। इस गंध के साथ जीने के लिए इससे परिचित होना जरूरी था और यह परिचय हासिल करने में सईदा को महीनों लग गए।

संडास दिन में एक बार साफ होता था। सईदा ने शुरू में चालाक बनने की कोशिश की। सुबह सात-साढ़े सात बजे तक भंगी आता था। बिना बोले दरवाजे के बाहर सीढ़ियों पर वह खास ढंग से झाड़ू

पटकता, झाड़ू की आवाज उसके आने का संकेत थी और इस आवाज पर सईदा का देवर या सास उठकर देख आती कि पाखाने में कोई गया तो नहीं है। उसमें किसी के रहने या खाली होने की सूचना भंगी को दे दी जाती। पाखाने की सफाई के लिए पीछे गली में जाना पड़ता था जहाँ पाखाने के नीचे का लगभग एक वर्गफुट छोटा-सा हिस्सा खुलता था। इसे ढकने के लिए टीन का एक लटकाऊ टुकड़ा कीलों के सहारे जड़ा हुआ था। वक्त की मार ने इस टीन के टुकड़े को इतना जर्जर कर दिया था कि भंगी को रोज इस टीन के टुकड़े को खोलने या बंद करने में यही डर लगता था कि दूसरे दिन यह टुकड़ा उसे सही-सलामत मिलेगा भी या नहीं। सईदा ने पाँच-सात दिन में ही भंगी की दिनचर्या समझ ली। वह सुबह से ही ध्यान लगाकर बैठी रहती और जैसे ही भंगी सफाई करके हटता वह संडास की तरफ झपटती। दिक्कत सिर्फ इतनी थी कि उसे रोज सुबह शौच के लिए जाने की आदत थी। सुबह सात-साढ़े सात बजे तक इंतजार करना काफी यातनादायक अनुभव होता था। अपने ऊपर नियंत्रण रखने में उसे किस्म-किस्म की हरकतें करनी पड़ती थीं, अकसर उसका पूरा जिस्म अकड़ जाता था। जल्दी ही उसकी सास ने उसकी यह हरकत पकड़ ली। सास को बहुत बुरा लगा कि चार दिन पहले घर में आई लौंडिया अपने को परिवार के दूसरे सदस्यों से विशिष्ट समझे और ऐसा व्यवहार करे जिससे दूसरे लोग अपने को ओछा समझें। उसने एक दिन सुबह-सुबह सईदा को ऐसी चुनी-चुनी गालियाँ दीं कि वह शर्म और घबराहट में काफी देर तक अपने पाँवों में मुँह गड़ाए बैठी रही।

लेकिन उसकी सास, जो उसकी सास के अलावा फूफी भी थी, जल्दी ही पसीज गई। उसने दो-तीन बार देखा कि सईदा अस्त-व्यस्त हालत में संडास से बाहर आई तो उसकी आँखों से बुरी तरह पानी निकलता रहा था और उल्टी रोकने की कोशिश में उसके मुँह से लार की शक्ल का द्रव बाहर गिर रहा था।

सईदा के घर के पास जहाँ गली खत्म होती थी वहाँ एक प्लाट खाली पड़ा था, उसे किसी ने घर बनवाने के लिए नींव भरवा कर पिछले कई सालों से खाली छोड़ रखा था। उसके पीछे नाला था जो काफी दूर तक गली के साथ-साथ बहता हुआ उत्तर की तरफ निकल जाता था। यह प्लाट तथा नाला दिन-भर मुहल्ले के बच्चों की आवारागर्दी और खेलकूद का अड्डा बना रहता था। सईदा की सास सबेरे-सबेरे मुँह अँधेरे उसे लेकर इसी में जाने लगी। कभी वे प्लाट में किसी कोने बैठ जातीं और कभी नाले के किनारे चली जातीं। नाले के किनारे उतरने के लिए ढलान से उतरना पड़ता, अतः अकसर सास-बहू एक-दूसरे का हाथ पकड़कर एक-दूसरे को सहारा देतीं। बुढ़िसा सास एक-दो बार गिरकर अपने टखनों में मोच भी लगा बैठी। हर बार गिरने पर वह सईदा को कोसती और बैठे-बैठे या वापिस चलते-चलते इतनी गालियाँ देती कि सईदा रुआँसी हो जाती।

इस पूरी प्रक्रिया में दिक्कत सिर्फ इतनी थी कि सास-बहू को सबेरे बहुत जल्दी उठना पड़ता। उन्हें किसी रात ग्यारह बजे से पहले सोना नसीब नहीं होता था। सईदा को तो उसके बाद भी अपने पति के लिए आधा-एक घंटे तक जगना पड़ता। उसके बाद इतने सुबह उठने का मतलब था पूरा दिन ऊँघते हुए बिताना। सास ने तो पाँच-सात दिन में ही तोबा बोल दिया था किन्तु सईदा को अकेले जाने की इजाजत उसने दे दी। संडास में बैठने की कल्पना ही सईदा के लिए इतनी उबकाई भरी थी कि वह रोज सुबह-सुबह निश्चित समय पर उठ बैठती। कभी-कभी पति रात को देर तक सोने नहीं देता तो बाकी बचे चार-पाँच घंटे सईदा के इस दहशत में निकल जाते कि कहीं सूरज निकल आए और उसकी नींद न खुले। वह आधा सोने-जागने की स्थिति में रहती और बीच-बीच में चौंककर उठ आती और अपने पति की कलाई में आँखें गड़ा-गड़ा कर समय का अंदाजा लगाने की कोशिश करती। रात-भर वह इसी तरह सोती और दिन-भर सास की गालियाँ सुनती।

कर्फ़्यू के दूसरे दिन घर बजबजाते संडास और उमस भरी गर्मी से एक ऐसे नरक में तबदील हो गया था जिसमें जिंदा रहने वाले प्राणियों के लिए पसीने और बदबू से पस्त अस्तित्व को ढोना मुश्किल होता जा रहा था। सईदा ने टाट का पर्दा हटाकर अंदर घुसने की कोशिश की और लगभग उल्टी करते हुए बाहर भागी। पूरा दिन हो गया था और वह एक बार भी संडास नहीं गई थी। सुबह से ही वह कुछ नहीं खा रही थी। मारे डर के उसने चाय भी नहीं पी थी।

सईदा की बिटिया दिन-भर अपनी दादी की गोद में पड़ी रही थी। दो साल की लड़की तीन दिन की पेचिश से बदहाल हो गई। आज दोपहर बाद से उसे उल्टियाँ भी शुरू हो गई थीं। साफ जाहिर था कि सड़ी गर्मी और गंदगी ने उसे हैजे का शिकार बना दिया था। केवल दादी और माँ उसके बारे में चिन्तित थीं। दादा और बाप कमरे के एक कोने में उकड़ूँ बैठे बीड़ी बनाने में इस कदर व्यस्त थे कि उस अँधेरे, सीलन-भरे कमरे में अचानक कोई बाहर रोशनी से आता तो उन्हें भूत समझने की भूल कर बैठता। चारों तरफ से बंद कमरे में उनके नंगे बदन पर पसीना बुरी तरह चुहचुहा रहा था और उनके अभ्यस्त हाथ पत्ते, तम्बाकू और धागों पर यंत्र की तरह चल रहे थे। सईदा के दोनों देवर और उसकी ननद का लड़का कमरे के दूसरे कोने में बैठे कैरम बोर्ड खेलने की कोशिश कर रहे थे। घर में यही एक मनोरंजन का साधन था और सुबह से उसे खेलते-खेलते लड़के बोर हो गए थे। वे खेलते, झगड़ते, खेलना बंद कर देते और फिर खेलने लगते। सुबह से यही चल रहा था। आज चूंकि बीड़ी बनाने का सामान कम था इसलिए उन्हें खेलने के एवज में लात, घूँसा या गालियाँ नहीं मिल रही थीं। डेढ़ कमरे में सिर्फ सईदा की ननद चल-फिर रही थी और घर के प्राणियों के खाने-पीने का इंतजाम करने में लगी थी।

सईदा दो दिन के लिए दवा लाई थी और घबराहट में उसने एक ही दिन में उसे पिला दिया था। दोपहर तक दवा खत्म हो गई। सईदा

ने कई बार कातर असहाय निगाहों से अपने पति की तरफ देखा। एकाध बार उसने अपने ससुर का लिहाज छोड़कर पति से बाहर जाकर दवा लाने का गिड़गिड़ाहट भरा अनुनय भी किया था किन्तु उसके पति और ससुर उसी निर्विकार भाव से अपने काम में लगे रहे।

पति को सुबह बड़ा तल्ख अनुभव हुआ था इसलिए अब वह बाहर जाने का कोई अनुरोध सुनने को तैयार नहीं था। सुबह पानी के लिए उसे बाहर निकलना पड़ा था। घर में एक नल था जिसमें सुबह-शाम कोई डेढ़-दो घंटे पानी बूँद-बूँद टपकता था। पानी की बाकी जरूरत गली के प्रवेश पर लगे सार्वजनिक नल से पूरी होती थी। रोज सुबह-शाम वहाँ कुहराम मचता था। औरतें एक-दूसरे से लड़ती-झगड़ती अपनी बाल्टी आधी-तिहाई भरती थीं। गली के ज्यादातर मकानों में एक-दो टोंटियों से ज्यादा नहीं थीं जिनसे जाड़ों में भी लोगों की जरूरतें पूरी नहीं होती थीं। फिर इस समय तो बला की गर्मी थी जिसमें आदमी के हलक में हर समय काँटे उगे रहते थे। इसलिए सईदा के पति ने अपनी माँ के कहने पर जोखिम उठाने का फैसला किया। पिछले दिन दोपहर में कर्फ़्यू लगने के बाद से एक बूँद पानी बाहर से घर में नहीं आया था। घर के नल से रोज की तरह इतना पानी टपका था कि सुबह होते-होते मुश्किल से डेढ़ बाल्टी पानी बचा था। इसलिए माँ के कहने पर वह बाल्टी हाथ में लिए बाहर गली के शीतल अँधेरे में उतर गया।

लगभग बारह घंटे उमस भरे गर्म कमरे में बंद रहने के बाद गली के खुलेपन में प्रवेश करना एक सुखद अनुभव था। अभी पौ नहीं फटी थी और गर्मियों की सुबह शीतल बयार के साथ ताजगी दे रही थी। पूरी गली में सन्नाटा था और रात में गली के एक-एक इंच में पड़ी रहने वाली चारपाइयाँ न जाने कहाँ बिला गई थीं। रोज की तंग गली आज काफी खुली और चौड़ी नजर आ रही थी। जीवित प्राणियों के नाम पर सिर्फ कुत्ते थे। रोज रात भर गली में जुगाली करती घूमती गायें भी कर्फ़्यू की जद में आ गयी थीं और लापता थीं।

वह अपने दोनों हाथों में बाल्टियाँ लटकाए सहमी-सहमी गति से आगे बढ़ा। नल करीब सौ गज दूर था। थोड़ा ही आगे बढ़ने पर पानी की आवाज आने लगी। नल खुला हुआ था और सुबह-सुबह तेज गति से पानी आने के कारण जमीन पर उसके गिरने की आवाज यहाँ तक आ रही थी। रोज की ही तरह रात में नल बंद नहीं किया गया था और रोज की ही तरह पानी तेज रफ्तार से जमीन पर गिर रहा था। फर्क सिर्फ इतना था कि रोज इस समय तक इक्का-दुक्का औरतें बाल्टियाँ लिए नल की तरफ जाती या वापस आती दिखाई दे जाती थीं जब कि इस समय वह बिल्कुल अकेला था। दस-पाँच कदम चलने के बाद उसका डर धीरे-धीरे खत्म होने लगा। वह मस्ती में आने लगा। रात भर उसकी ऊब ने उसके शरीर में जो जकड़न भर दी थी, सबेरे की ठंडी धीमी बयार ने उसे दूर कर ताजगी पैदा कर दी। वह धीरे-धीरे गुनगुनाने लगा। अपने अस्तित्व से पूरी तरह बेखबर जब वह नल के करीब पहुँचा तो उसे यह भी पता नहीं था कि वह ऊँचे स्वर में गा रहा था। उसने नल के नीचे बाल्टी लगाने के पहले पानी की ठंडी धार अपनी अंजुरी में रोप कर मुँह धोया। पानी इतनी तेज रफ्तार से आ रहा था कि लाख बचाते बचाते भी उसकी लुंगी और बनियान भीग गई। पानी ठंडा था और उसका स्पर्श शरीर में सुख और झुरझुरी एक साथ पैदा कर रहा था।

पता नहीं उसकी आवाज का असर था या सुबह-सुबह ठंडे पानी से हाथ मुंह धोने का आकर्षण, दो पुलिस वाले घूमते-अलसाते वहाँ प्रगट हो गए। उसे उनके यहाँ आने का पता तब चला जब उन्होंने गालियों और डंडों की बौछार एक साथ शुरू कर दी—"...मादर... साले कर्फ़्यू में यहाँ अपनी माँ...आया है।" इस वाक्य के साथ दनादन उसके पैरों और कूल्हों पर डंडे पड़ने लगे।

उसकी दूसरी बाल्टी आधी भरी थी। वह लड़खड़ाकर एक तरफ को झुका और फिर संभल कर उसने दोनों बाल्टियों उठाईं और घर की तरफ भागा। शायद दोनों पुलिस वाले रात भर ड्यूटी देने के बाद

इतने थके थे कि उन्हें उसके पीछे दौड़ने की कोई जरूरत महसूस नहीं हो रही थी। उनमें से एक ने अपना चुल्लू नल में लगा कर पानी पीना शुरू का दिया और दूसरा खड़ा होकर उसे माँ-बहन की गाली देता रहा। भागते-भागते वह दो-तीन बार ठोकर खाकर लड़खड़ाया, जगह-जगह उसकी बाल्टियों का पानी छलकता रहा और रास्ते भर उसे ऐसा लगता रहा कि जैसे उसके पीछे दोनों यमदूत दौड़ते चले आ रहे हैं। जब वह घर के अंदर घुसा तो उसकी दोनों बाल्टियों में दो-दो, चार-चार लोटे भर पानी ही मुश्किल से रह गया था।

इसीलिए सईदा के कई बार इशारों से और कई बार साफ-साफ कहने के बावजूद उसके मन में बाहर निकलकर लड़की के लिए दवा लाने के लिए कोई उत्साह नहीं पैदा हुआ। वह सर झुकाकर अपने काम में लगा रहा।

सईदा ने भी झुँझलाकर पति से कुछ बोलना बंद कर दिया। बीच-बीच में जब उसकी बेटी दादी के ऊपर उल्टी या दस्त कर देती तो वह उठती और पानी के साथ पूरी कंजूसी बरतते हुए सास की साड़ी या बदन पोंछ देती। उसकी सास ने कई बच्चों को अपनी आँख के सामने धीरे-धीरे मरते देखा था। उसके लिए यह अंदाज लगाना बहुत मुश्किल नहीं था कि यह बच्ची भी अब मर रही थी।

छोटी-सी बच्ची को मरते हुए देखना माँ के रूप में सईदा का पहला अनुभव था। उसने शहर में आकर फिल्में देखी थीं जिनमें अकसर औरतें अपने दिवंगत बच्चों की याद में गाने गातीं और बच्चों की भोली शरारतों की स्मृतियों में डूबी रहतीं। सईदा ने अपनी बिटिया की शरारतें याद करने की कोशिश की, पर उसे हर बार असफलता ही मिली। जो चीज उसे याद आ रही थी वह भूख, धूल और बहती नाक का कुछ ऐसा मिला-जुला सम्मिश्रण था जिससे फिल्मी माँ के वात्सल्य का कोई माहौल नहीं बन पा रहा था। उसे बार-बार याद आ रहा था, इस बिटिया के पैदा होने पर छाती में दूध नहीं उतरता था। साल-भर की उसकी पहली बेटी अभी तक उसकी छाती झिंझोड़ती

थी पर इस बेटी के जन्म के कुछ दिन पहले से उसकी सास ने बड़ी बेटी को डाँट-फटकार कर यह आदत छुड़ाने की कोशिश की थी। बड़ी बेटी रोती रहती और वह छोटी को अपने छातियों से चिपकाए रहती। दूध पता नहीं क्यों इस बार नहीं उतर रहा था। अभाव, गरीबी और कड़ी मशक्कत से टूटा हुआ उसका बदन उसे पूरी तरह से माँ बनने से रोकता था। झुँझलाकर दोनों बेटियों को जमीन पर साथ-साथ लिटा देती और खुद घर के काम में लग जाती। दोनों बेटियों गला फाड़कर रोतीं और रोते-रोते बेदम हो जातीं। घर के प्राणी सर झुकाए बीड़ी बनाते रहते। बच्चों का इस तरह रोना उस घर के माहौल में इतनी परिचित घटना थी कि उन्हें अपने काम छोड़कर उनकी तरफ मुखातिब होने की कतई जरूरत नहीं महसूस होती थी।

आज यह बिटिया मर रही थी। जीवन का सबसे बड़ा दुख माँ की गोद में उसके बच्चे की मौत है। सईदा का पोर-पोर माँ बन गया था और विलाप कर रहा था। उसकी एक कमजोर और दरिद्र बेटी उसकी आँखों के सामने मर रही थी और कुछ न कर पाने का अहसास उसे बुरी तरह साल रहा था। उसे गर्दन झुकाए निर्विकार भाव से बीड़ी बनाता हुआ अपना पति किसी क्रूर राक्षस की तरह लग रहा था। कई बार उसके मन में आया कि चीख-चीख कर कमरे के सन्नाटे को तोड़ डाले और पत्थर की तरह और संवेदनशून्य अपने पति का सीना अपने पैने नाखूनों से छलनी कर डाले।

जिस तरह खामोश काले जल वाली झील का सन्नाटा उसमें पत्थर गिरने से टूटता है, उसी तरह इस गर्म उमस वाले कमरे की खामोशी सईदा की चीख से टूटी और कमरे का माहौल जल की तरह देर तक काँपता रहा। बिटिया की आँखें जल्दी-जल्दी झपकने लगीं और हिचकी के साथ साँस उखड़ने लगी तो उसकी दादी समझ गई कि अब उसका वक्त पूरा हो गया है। पर माँ की समझ में यह तब आया जब उसने बिटिया के मुँह के कोने से बही लार और उल्टी के घोल को पोंछने की कोशिश की और उसके ऊपर झुके-झुके उसने

देखा कि बेटी की छोटी-छोटी आँखें अजीब तरह से झपक रही थीं और उसकी दोनों आँखों के कंचे ऊपर की तरफ को चढ़ते-चढ़ते अचानक स्थिर हो गाए। उसे एक अपरिभाषित किस्म की घबराहट और डर अपनी पसलियों में दौड़ता लगा और वह चीख पड़ी।

सईदा के पति के लिए मृत्यु एक बहुत सहज किस्म की चीज थी। उसके अपने घर और पड़ोस में हर साल मौत किसी न किसी को अपने जबड़े में कस लेती थी। मरने वालों में अकसर छोटे बच्चे होते थे। पर अपने बच्चे की मौत में पता नहीं क्या या कि तटस्थता का सारा नाटक करने के बावजूद सईदा की पहली चीख सुनकर वह हिल गया। जिस बेटी को उसने दो साल में मुश्किल से चार-छह बार गोद में लेकर पिता की तरह प्यार किया था उसके मरने पर वह कुछ देर तक चुपचाप बैठा शून्य की तरफ ताकता रहा। माँ-बाप की मौजूदगी उसे रोने से रोक रही थी। रोती हुई सईदा जमीन पर सर पटकने की कोशिश कर रही थी। सास और ननद उसे पूरी तरह से जकड़े हुए थीं लेकिन फिर भी बीच-बीच में उसका सिर दीवाल या फर्श में लग ही जाता। पति का मन हुआ कि उठकर वह अपनी बीवी का सर सहला दे। वह धीरे से उठा और पीछे के बरामदे में बैठकर रोने लगा। शायद यह अपने बीमार बच्चे के लिए कुछ न कर पाने का अपराधबोध था, जिसने उसे रोने पर विवश कर दिया।

पाँच

लड़की की उम्र चौदह-पंद्रह साल रही होगी। नाम बताने से पाठकों को कोई खास फायदा नहीं होना है। नाम के साथ-साथ धर्म जुड़ा होता है और हमारे इस महान जगद्गुरु देश में धर्म कभी अहं की संतुष्टि का कारण हो सकता है और कभी भावनाओं को ठेस पहुँचाने का बायस बन सकता है। मसलन अगर यह लड़की धर्म से हिंदू निकली तो हिन्दू शूरवीरों के लिए डूब मरने की बात हो जाएगी और मुसलमान निकली तो इस्लाम खतरे में पड़ सकता है। इसलिए हे पाठकगण! बेहतर है कि हम इस लड़की को हिंदू या मुसलमान न मानें और इसकी मुसीबत को सिर्फ इसकी व्यक्तिगत मुसीबत मान लें।

यह लड़की इस देश की अधिसंख्य लड़कियों की तरह जहालत, गरीबी और सपनों के साथ जीने के लिए अभिशप्त थी। हिंदी फिल्मों और रानू के उपन्यासों ने उसके संस्कार गढ़ने शुरू किए थे और वह दिन-रात सपनों में उन राजकुमारों के बारे में सोचती रहती थी जिन्हें उसकी जिंदगी में कभी नहीं आना था। इस लड़की की गली की नालियों में पाखाना बजबजाता रहता था और सफाई तभी होती थी जब किसी बड़े अफ़सर या मंत्री का मुआयना होता था। इसी लड़की की बड़ी बहन भी इस गंदी गली में लंबी गाड़ियों वाले राजकुमारों की कल्पना करती रहती थी और पिछले साल गली के एक लड़के के साथ भाग गई। गनीमत यह हुई कि इन लड़कियों के बाप और भाइयों ने उसे तीसरे ही दिन बंबई के रेलवे प्लेटफॉर्म पर पकड़ लिया और

पंद्रह दिन के अंदर उसे एक ऐसे खलासी से ब्याह दिया गया, जिसकी पहली बीवी अपने पीछे तीन बच्चों को छोड़कर पिछले ही साल मरी थी। इस लड़की के साथ भी यही होना था पर इसके बावजूद यह लड़की उम्र की मारी गुनगुनाती रहती थी।

रोज की तरह यह लड़की आज भी एक बजे वापस घर लौट रही थी। वह ग्यारहवी क्लास में पढ़ती थी और उसका स्कूल घर से तीन किलोमीटर दूर था। सुबह सात बजे से उसका स्कूल शुरू होता था। दो शिफ्टों में चलने के कारण जाड़ा, गर्मी, बरसात कभी भी यह समय बदलता नहीं था। घर से वह छह बजे निकलती थी। गर्मियों में तो यह नहीं अखरता था किंतु सर्दियों में उसे बड़ी कोफ्त होती थी। अकसर पहला पीरियड छूट जाता था। इधर कुछ दिनों से वह बहुत नियमित रूप से पौने छह बजे निकल जाती थी। इस नियमितता के पीछे पढ़ाई में अचानक पैदा हुई दिलचस्पी नहीं थी बल्कि कारण कुछ और ही था।

लड़की की गली में थोड़ा आगे चलकर एक लड़का रहता था। लड़का उससे चार-पाँच साल बड़ा या और कुछ छैला टाइप का था। सालों-साल एक ही गली में राहते हुए भी इसके पहले दोनों ने एक-दूसरे को गंभीरता से नहीं लिया था लेकिन पिछले कुछ दिनों से दोनों ने एक-दूसरे में दिलचस्पी लेनी शुरू कर दी थी। हुआ यह कि इस लड़के को इंटर पास करने के बाद उसके बाप ने नौकरी करने की सलाह दे दी। लड़के ने बी.ए. करने की जिद की तो बाप ने धुनाई कर दी। लड़के ने दो दिन का अनशन कर दिया। बाप ने उसे अपनी तनख्वाह और महँगाई का समीकरण समझा दिया। लड़का घर छोड़कर भाग गया। सात-आठ दिन बाद बाप ने एक स्थानीय अखबार में लड़के की फोटो छपवाई और नीचे लिखा था कि उसकी माँ सख्त बीमार है और वह फौरन लौट आए। लाइका लौट आया। बाप ने फिर पिटाई की। लड़का इस बार नहीं भागा और उसने चुपचाप नौकरी तलाशनी शुरू कर दी। इस मामले में वह अपनी

पीढ़ी के तमाम लड़कों के मुकाबले ज्यादा भाग्यशाली निकला। बिना किसी सिफारिश के नैनी के एक फैक्टरी में सिर्फ दो हजार रिश्वत देकर उसे टाइमकीपर की नौकरी मिल गई। रिश्वत देने के लिए उसके बाप ने दफ्तर के कई लोगों से उधार लिया था और लड़का अपनी पहली तनख्वाह से ही कर्ज पटाने की कोशिश कर रहा था।

लड़की के आजकल नियमित रूप से सुबह छह बजे घर से निकलने के पीछे यह लड़का और उसकी नौकरी थी। लड़के को आठ बजे फैक्टरी पहुँचना होता था अतः यह छह बजे घर से निकलता था। घर से सिटी बस स्टाप लगभग एक किलोमीटर दूर था। यह वह रास्ता था जिससे होकर लड़की भी स्कूल जाती थी। एक ही रास्ते से जाते-जाते दोनों की आँखें मुहावरे की भाषा में लड़ गईं। सुबह-सुबह भीड़ का तो कोई सवाल ही नहीं होता था। इक्का-दुक्का कोई बगल से गुजर जाता तो गुजर जाता। आँखें लड़ने के लिए यह बड़ा ही आदर्श समय होता था। दो-एक दिन तो लड़की ने भी ध्यान नहीं दिया लेकिन एक दिन अचानक उसे लगा कि उसके आगे चलने वाला लड़का जान-बूझकर छोटे-छोटे कदमों से चल रहा है ताकि वह उसके बराबर आ जाए। लड़की समझ नहीं पा रही थी कि उसे रफ्तार धीमी करनी है या तेज। लड़के के करीब पहुँचते-पहुँचते उसका बदन थरथराने लगा और जाड़े की उस सुबह उसकी कनपटी गर्म हो गई।

लड़की ने अपनी रफ्तार धीमी कर दी। लड़के ने भी रफ्तार और धीमी कर दी। लड़की समझ गई कि दूरी कम होनी ही है। वह चाहती भी यही थी। लिहाजा दूरी कम हो गई। फिर तो सुबह-सुबह उठने में होने वाला आलस खत्म हो गया और रोज नियम से एक किलोमीटर दोनों साथ-साथ चलने लगे।

इस आधे घंटे के साथ में ही दोनों ने सपने देखने शुरू कर दिए। लड़की बिना वजह मुस्कराने लगी और लड़का अपने बालों को सँवारने के लिए अपनी पैंट की पिछली जेब में कंघी रखने लगा।

लड़के को कुल जमा 490 रुपए वेतन के रूप में मिलते थे। इनमें से सौ रुपए के करीब महीने में बस और रिक्शे में खर्च हो जाते थे। बाकी 390 रुपए वह लायक बेटे के तौर पर अपनी माँ के हाथ में हर पहली तारीख को दे देता था। नब्बे-सौ रुपए वह अपनी जेब खर्च के तौर पर इस्तेमाल करता था। इस दोस्ती के परिणामस्वरूप पहले उसने अपने जेब खर्च में कटौती की और लड़की को एक दिन पिक्चर दिखा लाया, उसे एक पेन भेंट किया और दो बार रेस्तराँ में चाय पिलाई। इस महीने उसने अपनी माँ को सौ रुपए कम दिए और बहाना बना दिया कि उसकी जेब में से गिर गए। वह लड़की को एक शॉल भेंट करना चाहता था। उसे दो-तीन महीने माँ से झूठ बोलकर इतने पैसे बचाने थे कि उनसे शॉल खरीदी जा सके। तब तक सर्दियाँ भी शुरू हो जाएँगी। उसने अपना इरादा लड़की को बता भी दिया। लड़की को जिंदगी में यह पहली शॉल मिलने जा रही थी। वह रह-रहकर इस शॉल का दबाव अपने सीने पर महसूस करती और मुस्कराने लगी। उसने अपने घर के दो-तीन पुराने बेकार हो चुके स्वेटरों को उधेड़ा और लड़के के लिए स्वेटर बुनने लगी। जाहिर है कि माँ को यह नहीं बता सकती थी इसलिए यह सब कार्यवाही चोरी-छिपे ही हुई। एक बड़ी सी टोकरी में माँ हर साल जाड़ा खत्म होने पर घर भर के फटे-चिथड़े स्वेटर बटोर कर रख देती थी और जाड़ा शुरू होने के एकाध महीने पहले इन स्वेटरों को उधेड़-उधेड़ कर दो-तीन स्वेटरों के ऊन को मिलाकर एक नया स्वेटर बुनती थी। लगभग हर स्वेटर का ऊन इस प्रक्रिया से इतनी बार गुजरता कि पंद्रह-बीस दिन पहनने के बाद ही वह फिर से फटने लगता और जाड़ा खत्म होते-होते तार-तार हो जाता। उसने धीरे से एक दिन लड़के के नाप के स्वेटर के लिए जरूरी ऊन टोकरी में से निकाल लिया और अपनी सहेली के यहाँ रख दिया। रोज स्कूल जाते समय रास्ते में सहेली के यहाँ से ऊन ले लेती और फिर दिन-भर बुन कर वापस आते समय सहेली के यहाँ रख देती।

इस लड़की की जिंदगी इसी तरह अभाव और रोमांस का मिश्रण बनकर अगले दो-तीन साल, जब तक उस लड़के के साथ भागने का समय नहीं आता या उसकी शादी नहीं हो जाती, चलती रहती अगर यह कर्फ़्यू उसके अनुभव की दुनिया में भूचाल लेकर नहीं आ जाता। हुआ यह कि पिछले एक हफ्ते से शहर का मिजाज गर्म हो रहा था। लड़की के माँ-बाप अनुभवी थे और जानते थे कि मिजाज की यह गर्मी जल्दी ही दंगे की शक्ल में बरसेगी और शहर कर्फ़्यू की मार में आ जाएगा। माँ ने रात में ही कह दिया था कि सुबह स्कूल नहीं जाना। पर लड़की की दिनचर्या में स्कूल का बहुत महत्व था। दरअसल गरीबी की मारी यह लड़की स्कूल के बाद का पूरा वक्त अपने घर को सँभालने में लगाती थी। उसकी माँ एक दुकानदार के लिए पेटीकोट सिलती थी। रोज वह लड़की के स्कूल से आते ही पेटीकोट सिलने बैठ जाती थी और आठ-दस रुपए कमा लेती थी। लड़की अपने छोटे भाई-बहनों को देखने के साथ-साथ घर का चौका-बर्तन सँभाल लेती थी। देर रात तक घर के कामकाज को खत्म कर वह पढ़ने बैठती। पढ़ती क्या, पढ़ने और चैतन्य होने की होड़ में लगी रहती। इम्तहान वगैरह करीब आने पर माँ उसे थोड़ा पहले फुरसत दे देती। इस उबाऊ और नीरस दिनचर्या में सुबह स्कूल जाने के कारण जो थोड़ी-बहुत मिठास मिल जाती थी उसे वह किसी भी कीमत पर नहीं छोड़ना चाहती थी। इसलिए माँ के मना करने के बावजूद वह कब सबकी आँखें बचाकर तैयार हुई और कब स्कूल निकल गई, घर में कोई नहीं जान पाया।

लड़की को बड़ी कोफ्त हुई, लड़का आज नहीं आया। लड़की को लगा कि उसे देर हो गई। वह पूरी गली लाँधती हुई सड़क पर उस जगह तक गई जहाँ लड़का अपनी कंपनी की बस पकड़ता था। वहाँ पर रोज के मुकाबले एक तिहाई लोग भी नहीं आए थे। लगता था शहर के तनाव को देखते हुए लोगों ने दफ्तर न जाना ही मुनासिब समझा। बस आई और चली गई, लड़की तब तक खड़ी रही। लड़का

कायर निकला। अपनी माँ के आँचल से निकल नहीं पाया। लड़की ने गुस्से और खीझ से उसकी कायरता को कोसा और वापस घर जाने के लिए मुड़ी, लेकिन घर जाकर कौन माँ के हाथों जलील होता अत: वह स्कूल चली गई।

स्कूल में बहुत कम लड़कियाँ और मास्टरनियाँ आई थीं इसलिए कोई क्लास नहीं चली। क्लास में लड़कियों उधम मचाती रहीं और प्रिंसिपल के कमरे में बैठी अध्यापिकाएँ बार-बार चाय मँगाती रहीं और गप्प लड़ाती रहीं। लड़की ने कई बार सोचा कि वह वापस घर चली जाए लेकिन खीझ और माँ के डर से वह काफी देर स्कूल के मैदान में धूप में बैठी अपनी एक सहेली से दुनिया भर की बातें करती रही। बातचीत के इस क्रम में उसने सुना ज्यादा और बोली कम।

अचानक उन्होंने देखा कि प्रिंसिपल के कमरे से अध्यापिकाएँ बदहवास-सी निकलीं और फाटक की तरफ भागीं। रास्ते में जो भी लड़की उन्हें मिली, उन्होंने फौरन घर जाने की हिदायत दी। मैदान की तरफ एक चपरासी दौड़ता हुआ आया और उसने दूर से हाथ हिलाकर और चिल्ला कर घर भाग जाने के लिए ललकारा। ढोरों की तरह हर तरफ से लड़कियाँ भागीं और ज्यादातर को गेट पर आने पर पता चला कि शहर में गड़बड़ हो गई है और कर्फ़्यू लगा दिया गया है।

हालाँकि लड़की का घर ऐसी गली में पड़ता था जहाँ हर साल-दो साल में कर्फ़्यू लगता ही रहता था फिर भी कर्फ़्यू के दौरान सड़क पर भागने का यह उसका पहला अनुभव था। वह बेतहाशा भागी। दुकानें धड़ाधड़ बंद हो रही थीं। शटरों के गिरने की आवाज तिलिस्मी आतंक पैदा कर रही थी। साइकिलों और पैदल बदहवास भागते लोगों की भीड़ रगड़ते, टकराते, गिरते-पड़ते जिस तरह दौड़ रही थी, उसकी कल्पना भी किसी दूसरे दिन करने में हँसते-हँसते वह लोट-पोट हो जाती पर आज की दौड़ से उसकी आँखों में बार-बार आँसू भर आ रहे थे।

जी.टी. रोड पर तीसरी गली थी, जहाँ से लड़की अपने घर के लिए मुड़ती थी। आज उसे होश नहीं रहा और भीड़ के एक रेले के साथ वह किसी दूसरी गली में ढकेल दी गई। गली में जब वह घुसी तो एक जत्थे का हिस्सा थी लेकिन तिलिस्म की तरह अचानक बाकी लोग न जाने कहाँ बिला गए और उस लड़की ने दिन दोपहर अपने को एक ऐसी गली में पाया जो पूरी तरह वीरान थी। जिसमें खुलने वाले सारे दरवाजे और खिड़कियाँ सख्त जबड़ों की तरह भिंची हुई थीं और जिसके मकान मायावी महलों की तरह थे। इन मकानों में यही पता नहीं चल रहा था कि कोई रहता भी है या नहीं। लड़की घबराहट के मारे थर-थर काँप रही थी। इस गली से वह सैकड़ों बार गुजरी थी लेकिन आज वह न जाने कैसे अपरिचितों-सी लग रही थी।

वह एक कोने में खड़ी होकर जीवन के प्रमाण तलाशने लगी। थोड़ी देर के प्रयास के बाद यह स्पष्ट हो गया कि घर के मकान उतने निश्चल नहीं थे जितने प्रारम्भ में लगे थे। हर मकान में खिड़कियों या दरवाजों के पीछे चेहरे सटे हुए थे और बीच-बीच में कोई पल्ला काँपता और उसके पीछे डरी और घबराई आँख झाँकती नजर आ जाती। गली के बाहर जी.टी. रोड पर कोई शोर होता और दरवाजों, खिड़कियों की दरारें एकदम मुँद जातीं। आसपास के किसी मकान का दरवाजा या खिड़की आवाज करती और लड़की डरी हुई हिरनी की तरह चौकन्नी हो जाती और उसकी साँस तेज हो जाती।

जिन बलिष्ठ बाँहों ने लड़की को निर्ममता से अंदर घसीट लिया वे पता नहीं कहाँ से उग आई थीं। लड़की को सिर्फ एक आवाज शटर उठाने की सुनाई दी और जब तक वह उस आवाज की धमक से उबरे तब तक छह खुरदरे मर्दाने हाथों ने उसे एक तंग-से छोटे कमरे में घसीट लिया। यह कमरा एक चक्की का कमरा था जिसमें आटा पीसा जाता था। उसमें छुपे मर्दों ने अचानक शटर आधा ऊपर उठाया और लड़की को अंदर घसीट लिया। घसीटे जाने की प्रक्रिया में लड़की का सर खट से शटर से टकराया। सिर की चोट और खींचे जाने के आतंक

ने लड़की को एकदम संज्ञाशून्य कर दिया। वह चीखना चाहती थी लेकिन उसकी चीख हलक में घुट गई। उसे जब तक स्थिति समझ में आती तब तक दुकान का शटर फिर से गिर चुका था और वह ऐसी चारपाई पर पटक दी गई थी जो बुरी तरह झिलंगा हो चुकी थी और जिस पर आटे की पर्त दर पर्त जमी हुई थी।

"मैं तुम्हारी बहन हूँ भैया, मुझे जाने दो।"

यही अकेला वाक्य था जिसे वह लड़की बोल पाई। इस पर तीनों धीरे-धीरे हँसने लगे। उनमें से एक ने बोरी काटने के लिए रखा छुरे के आकार का लोहा उठा लिया और लड़की के सिरहाने खड़ा हो गया। लड़की ने फिर कुछ कहने की कोशिश की।

"चोप्प साली! हम बहन चो...हैं।"

लड़की चुप हो गई। इसके बाद जिस अनुभव से होकर वह गुजरी वह निहायत लिजलिजा और खौफनाक था। जितनी देर वह होश में रही उसे ऐसा लगता रहा जैसे गर्म सलाखें उसके बदन में चुभोई जा रही हों। फटी-फटी आँखों से वह अपने ऊपर झुके मर्द को देखती रही और अपने अनुभव-संसार में कुछ ऐसे अनुभव जोड़ती रही जो शेष जीवन उसके साथ दुःस्वप्नों की तरह रहने वाले थे।

जिस तरह जिबह किए जाने वाले जानवर के मुँह से गों-गों की आवाज निकलती है कुछ-कुछ उसी तरह की आवाज लड़की के मुँह से निकल रही थी। दर्द की लहर थी जो पाँव से उठकर उसके पूरे बदन को झिंझोड़ती चली जा रही थी। वह बुरी तरह छटपटा रही थी और कई बार उठ बैठने की कोशिश में चारपाई के पाटों से टकराकर चोटहिल हो चुकी थी। उसकी यातना तभी खत्म हुई जब वह बेहोश हो गई।

पाठकगण। इसके बाद का विवरण व्यर्थ है। जिस तरह लड़की की जाति या धर्म के बारे में पूछना बेकार है उसी तरह उसके साथ बलात्कार करने वालों की जाति या धर्म जानने का कोई अर्थ नहीं है।

इस बात की तफसील जानने की भी जरूरत नहीं है कि आटे के धूल-गुब्बार में लिपटी हुई लड़की होश में आने के बाद अपने फटे-नुचे कपड़ों में घर कैसे पहुँची या फिर उस मोहल्ले में सभी कायर बसे थे जिन्होंने अपने दरवाजों-खिड़कियों की दरारों से लड़की को तीन दरिंदों द्वारा चक्की के अंदर खींचे जाते देखा और दरारें चुपचाप मूँद लीं। अर्थ सिर्फ इस बात का है कि कर्फ़्यू किसी भी जाति या धर्म की लड़की को ज़ीवन के सबसे कोमल अनुभव से वंचित कर सकता है और उसे जानवरों के स्तर पर उतार अनुभूति की ऐसी खौफनाक सुरंग में ढकेल सकता है जहाँ एक बार प्रवेश करने के बाद पूरा जीवन दुःस्वप्नों की भूलभूलैया में तब्दील हो जाए।

छह

दुनिया की सबसे बड़ी त्रासदी माँ की गोद में उसके बच्चे की मौत होना है। यह त्रासदी उस छोटे-से नर्कनुमा डेढ़ कमरे के घर में चंद घंटे पहले घटित हुई थी। घर के वयस्क प्राणियों के लिए मौत एक परिचित अवधारणा थी। हर दूसरे-तीसरे साल कोई न कोई बच्चा इस घर में या पड़ोस में मरता था। भूख, गरीबी और जहालत से जो माहौल यहाँ बनता था उसमें बच्चों का जिंदा बच पाना ज्यादा आश्चर्यजनक था। लिहाजा बड़े लोगों के लिए तो इसमें बहुत कुछ अस्वाभाविक नहीं था किन्तु घर में मौजूद छोटे बच्चे और सईदा इस घटना से बुरी तरह हिल गए थे।

कमरे के बीचोंबीच दो-ढाई फुट लंबी एक लाश पड़ी थी जिसे एक सफेद चादर के फटे टुकड़े से ढक दिया गया था। घर के सारे बड़े सदस्य कमरे में चारों तरफ दीवानों पर सिर टिकाकर अधलेटे पड़े थे। सईदा की बड़ी बच्ची जो अभी-अभी साढ़े तीन साल की हुई थी, एकटक अपनी बहन की तरफ देख रही थी। उसके होश में आज पहली बार उसकी बहन खामोश पड़ी थी, नहीं तो जब भी उसने देखा मिनमिनाते या रोते ही देखा था। एक बार उसने पूछा भी।

"कस अम्मी, आज बहना बोलत काहे नाहीं?"

इस पर सईदा इतनी जोर से दहाड़ मारकर रोयी कि वह घबराकर चुप हो गई। उसे लगा कि उसने कोई ऐसी चीज पूछ ली है जिसे उसे नहीं पूछना चाहिए था। उसका सात साल का फुफेरा भाई दूसरा ऐसा प्राणी था जो इस मौत से बुरी तरह से विचलित था। दरअसल

छोटी लड़की इन दोनों बच्चों के लिए खिलौने की तरह थी। उसके आने के बाद ये दोनों अपने को बड़ा समझने लगे थे। सईदा अकसर काम-धंधे में फँसे रहने पर छोटी बेटी को इन दोनों के हवाले कर देती थी। हालाँकि दोनों को छोटी का लगातार रोना या मिनमिनाना नापसंद था फिर भी दोनों उसके साथ बड़ों की तरह पेश आते। उसे थाली या कटोरी बजाकर चुप कराने का प्रयास करते या अपनी गोद में लिटाकर बड़ों की तरह पानी और दूध चम्मच या कटोरी से पिलाने का प्रयास करते।

बच्ची की मौत, दिन छिपने से थोड़ा पहले हुई थी। धीरे-धीरे रात उतर आई और उसने इस घर को भी बाहर के पूरे माहौल की तरह अपने शिकंजे में जकड़ लिया। इस घर में दो बल्ब थे। एक उस कमरे में जहाँ घर के प्राणी बैठकर बीड़ी बनाते थे और दूसरा पीछे बरामदे में, जिसकी रोशनी उस बरामदे में एक किनारे में बनी रसोई और संडास तक जाती थी। दोनों की मरियल रोशनी ने घर के सदस्यों को जादू-लोक के चित्रलिखित प्राणियों-सा बना दिया था। गम और मातम की रात इतनी धीरे-धीरे बीतती है कि लगता है वक्त थम गया है। ऐसी रात कैसे भी कटती नहीं दीखती—

किसी की शबे वस्ल सोते कटे है
किसी की शबे हिज्र रोते कटे है
ये कैसी शब है या इलाही
जो न सोते कटे है न रोते कटे है

इस घर के प्राणियों के लिए भी आज की रात कुछ ऐसी ही हो गई थी। घर के दो छोटे सदस्य मौत के रहस्य से जूझते जूझते धीरे-धीरे जमीन पर लुढ़क गाए। दोपहर बाद से उनके पेट में कुछ नहीं गया था। भूख ने काफी देर तक उन्हें सोने नहीं दिया, लेकिन नींद तो बच्चों की सबसे परिचित दुनिया होती है, लिहाजा खाली पेट भी वे धीरे-धीरे नींद के समंदर में डूब गए। जाने यह घर की औरतों को

विलाप करते हुए देखने का प्रभाव था या भूख से अंतड़ियों के ऐंठने का परिणाम—उनकी नन्ही आँखों से काफी आँसू बहे थे और दोनों के ही गालों पर लकीरों की शक्ल में जम गए थे।

घर के बड़े सदस्य दीवार पर सर टिकाए बैठे थे। सईदा का बूढ़ा ससुर अपनी आँखें आधी खोले न जाने कमरे की किस चीज पर उन्हें टिकाए खामोश, ध्यानमग्न-सा बैठा था। अपने बचपन में बाप की मौत के वक्त तक वह इतना समझदार हो गया था कि मौत का मतलब उसे अच्छी तरह मालूम हो चुका था। उसका बाप उसे बहुत प्यार करता था और दिन-भर बीड़ी बनाने के बाद उसे शाम को घुमाने जरूर ले जाता था। उसे सबसे छोटा होने के कारण यह सुख हासिल था। घूमकर जब वह लौटता तो उसके पास रंग-बिरंगे कंचे और पतंगें होती थीं और उसके मुँह और मुट्ठियों में खटमिट्ठी गोलियाँ भरी होतीं। उसके सारे भाई छोटे-से कमरे में बैठे बीड़ियाँ बनाते रहते और वह उनकी ईर्ष्या का पात्र बना बीच कमरे में बैठकर पतंग में डोर चढ़ाता या कंचे खेलता। बाप के मरने के बाद उसे जो अनुभूति हुई वह बाद की मौतों पर नहीं हुई। बाद के सालों में मौत उसके लिए नियमित और ठंडी अनुभूति बन गई। जिस इलाके में वह रहता था वहाँ पच्चीस साल के बाद करीब-करीब हर शख्स तंबाकू और सीलन का शिकार बनकर टी.बी. का मरीज बन जाता था। बच्चे भी बहुत ज्यादा संख्या में पैदा होते थे और उसी अनुपात में मरते थे। दरअसल मृत्यु उसके लिए इतनी परिचित-सी चीज थी कि आज बच्ची की मौत ने उसके ऊपर ज्यादा असर नहीं डाला था। उसे ज्यादा परेशानी इस बात की थी कि बच्ची को दफन कैसे किया जाएगा। आज रात में कर्फ़्यू खुलने का कोई आसार नजर नहीं आ रहा था। कल दिन में भी कर्फ़्यू खुलेगा या नहीं कोई नहीं बता सकता था। सुबह-सुबह उसका लड़का बाल्टी लिए जिस तरह पानी छलकाता हुआ घर के अंदर आया और घर का दरवाजा बंद कर हवा को गालियाँ देता रहा उससे वह साफ समझ गया था कि बाहर उसे अपमानित कर अंदर खदेड़ा

गया है। जिस तरह सड़ी गर्मी पड़ रही थी, उसमें लाश दोपहर शुरू होने से पहले ही दफन हो जानी चाहिए थी, नहीं तो उसमें सड़न और बदबू शुरू हो जाएगी।

कर्फ़्यू का उसे पुराना अनुभव था। कर्फ़्यू के दौरान कोतवाली में बैठकर एक मजिस्ट्रेट कर्फ़्यू पास बनाता था। यह पास बनवाना उनके जैसी हैसियत के लोगों के लिए आसान नहीं था। पिछले एकाध मौकों पर उसने पास बनवाने की कोशिश की थी और हर बार असफल होकर लौटा था। लड़के से कहने के लिए उसने कई बार हिम्मत बटोरने की कोशिश की लेकिन हर बार उसका मुँह देखकर वह चुप रह गया।

यह लड़का उसकी संतानों में दूसरे नंबर का था लेकिन लड़कों में पहले नंबर का होने के कारण वक्त से पहले जिम्मेदारी के अहसास से बूढ़ा हो गया था। उसके भीतर बड़े होने का यह अहसास इतने गहरे बैठा था कि तेरह-चौदह साल का होते-होते वह बीड़ी बनाने की मशीन में तबदील होने लगा था। न उसने दूसरे लड़कों की तरह कैरम-बोर्ड और शतरंज खेलने के लिए बाहर गली के चबूतरों पर भागने की कोशिश की और न ही पतंग उड़ाने के लिए दरिया के किनारे दौड़ लगाई। उसकी इस अतिरिक्त जिम्मेदारी के भाव ने उसके चेहरे पर गंभीरता की एक ऐसी पर्त चढ़ा रखी थी जिसे बेधकर उसके मन की थाह लगा पाना निहायत मुश्किल था। घर का कोई सदस्य उससे ऐसी बात करने का साहस नहीं कर सकता था जिसके बारे में यह उम्मीद होती कि उसे पसंद नहीं आएगी। आज वह सबसे छिपकर पीछे बरामदे में रो आया था। जिस लड़की को उसने कभी गोद में उठाकर प्यार तक नहीं किया उसके लिए वह रोएगा, यह किसी को उम्मीद नहीं थी। बहरहाल रोने से उसके चेहरे की कठोरता गायब हो गई। उसका चेहरा स्वच्छ पारदर्शी नीले जल की तरह हो गया था जिस पर खिंची दुख की लकीरें साफ नजर आ रही थीं। शायद उसके चेहरे की यह तरलता थी जिससे प्रोत्साहित होकर उसके बाप

ने उससे कह ही दिया—

"पास बनवाए जाए के है।"

"के जाई?"

"तू और के।"

"हम न जाब।"

"काहे...?"

फिर वही खामोशी जिससे सभी आतंकित हो जाएँ। पर इस बार इस खामोशी के आतंक को सईदा ने तोड़ा। आम तौर से वह सास-ससुर के सामने नहीं बोलती थी। सास-ससुर के सामने पति से बोलने की बात तो और भी अकल्पनीय थी लेकिन दुख ने उसे दुनियादारी से परे कर दिया। वह अभी तक इसी सोच से नहीं उबरी थी कि अगर उसके परिवार के किसी मर्द ने हिम्मत दिखाई होती और कर्फ़्यू में दवा ले आया होता तो शायद उसकी बिटिया बच गई होती। अब उसके पति की कायरता के कारण बेटी की मिट्‌टी की दुर्दशा होगी। दुख या गुस्से में वह अकसर खड़ी बोली बोलने लगती थी। आज तो दोनों की पराकाष्ठा थी। उसने ऊँचे स्वर में विलाप करना शुरू कर दिया—"हे मौला, मेरी बिटिया को जिंदा रहते दवा नहीं मिली... और अब मरे के बाद कब्रो न नसीब होगी का? हे मौला, काहे इस अभागन बिटिया को इस घर माँ भेजे!"

सईदा के विलाप ने सबसे पहले उसके ससुर को तोड़ा। बूढ़ा धर्मभीरु प्राणी था। दोनों वक्त की रोटी कमाने से फुर्सत पाता तो रोज़ा-नमाज में लग जाता। यह कल्पना उसके लिए असहनीय हो गई कि उसकी पोती को मजहबी तरीके से मिट्‌टी नहीं मिलेगी। उसने घर के प्राणियों के चेहरों पर नजरें डाली। सभी थके-पस्त चेहरे जमीन पर नजरें गड़ाए बैठे थे। एक-दूसरे से आँखें चुराकर वे सईदा के विलाप का मुकाबला कर रहे थे।

"कौन सुख मिला रे मोर सोन चिरैया को ई घर में आके। न ढंग

से दूध मिला न दवा दारू। अब कब्रो न मिली का मोरे आका!"

बूढ़े को छटपटाहट होने लगी। उसने अपनी बीवी की तरफ देखा। उसे उम्मीद थी कि उसकी बीवी तो उसे नैतिक बल देगी ही। लेकिन उसकी बूढ़ी बीवी भी उससे आँखें चुरा रही थी। एकाध बार दोनों की आँखें टकराईं लेकिन हर बार बुढ़िया जमीन पर या शून्य में ताकने लगती। उसने अपनी घड़ी देखी। सात से कुछ ऊपर हो रहा था। इस साल पता नहीं क्या व्यवस्था थी लेकिन पिछले कर्फ़्यू के मौकों का उसे अनुभव था। साढ़े सात-आठ बजे के बाद कोई कर्फ़्यू पास बनाने वाला अफसर आसानी से नहीं मिलता था। अगर पास बनवाना था तो फौरन घर से निकलना होगा। वह कमजोर निश्चय के साथ लगभग लड़खड़ाते हुए उठा। लगातार बैठे रहने से उसका पैर सुन्न हो गया था। उसने हाथ से मालिश करके और चिकोटी काटकर उस पैर को जगाया। कील पर से उतारकर कुर्ता अपने बदन पर डाला। आहिस्ता-आहिस्ता एक बीड़ी सुलगाई और झटके से दरवाजा खोलकर बाहर निकल आया।

घर से बाहर गली में ठोस अँधेरा शांत झील की तरह फैला हुआ था, जिसमें पहला पैर रखते ही वह पूरी तरह उसमें डूबता चला गया। जीवन का कोई लक्षण नहीं था। रोज इस समय यह गली आवाजों से बजबजाती रहती थी। इस समय पूरी तरह सन्नाटा था। इस समय बिछने वाली चारपाइयों की कतारें गायब थीं और रोज जिस गली में आधी रात तक बिना किसी से टकराए निकलना दूभर था वह आज किसी चौड़ी सड़क की तरह लग रही थी।

इस गली में सार्वजनिक रोशनी पहले भी नाममात्र को थी और आज तो घरों के किवाड़ बंद होने के कारण उनसे गली में पड़ने वाला प्रकाश और भी छन-छनकर पड़ रहा था। एक तरह से अँधेरे में ही वह आगे बढ़ा पर इसका उसे खूब अंदाज था। बचपन से ही वह इन्हीं में पला-बढ़ा था। मकान जरूर उसने दो-तीन बदले थे लेकिन

सब इसी इलाके में थे। गलियाँ अंदर-अंदर मीलों फैली हुई थीं। कोई अपरिचित अगर इनमें फँस जाए तो उसे बाहर किसी मुख्य सड़क पर निकलने में ही घण्टों लग जाएँ। लेकिन बूढ़े की यह परिचित दुनिया थी। उसमें अँधेरे में भी वह तैरता चला जा सकता था। पर आज की बात कुछ और ही थी।

आज गलियों में खौफ पैदा करने की हद तक सन्नाटा पसरा हुआ था। जहाँ दो-तीन गलियाँ मिलतीं या कोई गली सड़क पर निकलती वहीं पुलिस के जवान पिकेट्स बनाए खड़े या बैठे थे। बीच-बीच में वे सीटी बजाते या कोई सड़क पर दिखाई दे जाता तो सड़क पर डंडे पटककर उसे गालियों देते हुए ललकारते। पुलिस वालों के डर से बूढ़े को काफी लंबा चक्कर काटना पड़ा। उसके घर से कोतवाली मुश्किल से एक किलोमीटर थी किन्तु आज चक्कर लगाते हुए उसे लग रहा था कि यह फासला न जाने कितना बढ़ गया है। पुलिस वालों से बचता-बचाता वह कोतवाली के एकदम पिछवाड़े पहुँच गया गया है। अचानक पकड़ा गया।

हुआ यह कि एक गली से निकलकर उसे मुख्य सड़क पर आना था। गली के अंदर से सड़क का जो हिस्सा दिखाई दे रहा था वह एकदम खाली था। कोई आवाज भी नहीं थी। लेकिन सड़क पर आकर जैसे ही वह तीन-चार कदम आगे बढ़ा गालियों की बौछार उसके कानों में पड़ी। उसके बूढ़े जिस्म ने भागने की हास्यास्पद हरकत की पर एक डंडा उसके पैरों पर पड़ा और वह गिर पड़ा। गिरने पर उसने अहसास किया कि गलती कहाँ हुई। गली जहाँ खुलती थी वहीं एक दुकान की बेंच पर कुछ सिपाही एक खंभे की आड़ में बैठे थे। थके-ऊबे हुए ऊँघ रहे थे इसीलिए खामोश थे। बूढ़े को देखकर वे चैतन्य हो गए और उनमें सक्रियता आ गई।

पता नहीं बुढ़ापा था या आतंक, बूढ़ा गिरा तो फिर देर तक नहीं उठा। पसीने और लार ने उसकी दाढ़ी भिगो दी और उसकी कातर

पनियाई आँखें एकदम सिपाहियों पर टिकी अगले डंडे का इंतजार कर रही थीं, लेकिन अगला डंडा नहीं उठा। उसके बुढ़ापे ने सिपाहियों को अन्यमनस्क कर दिया। जिस सिपाही ने डंडा मारा था वह गरियाता रहा। बाकी सब ऊब से भरे बैठे रहे।

"मादर चो...इस कर्फ़्यू में निकलने को का डॉक्टर बताए रहे?"

बूढ़ा चुप रहा। कुछ बोलने को उसके होंठ काँपे लेकिन हलक से गों-गों के अलावा कोई ध्वनि नहीं निकली।

"बोल साले। कोई बम-फम तो नहीं छिपाए है। मुसल्लों का कोई भरोसा नहीं। दीवान जी, जामा तलाशी ले लूँ क्या?"

"ले लो। लेकिन पूछ लो कहाँ जा रहा था?"

"बोल बे, कहाँ जा रहा था?"

बूढ़े ने बोलने की कोशिश की पर अभी भी उसकी आवाज समझ में आने लायक साफ नहीं हुई थी। सिपाही ने उसका कालर पकड़कर उठा लिया। बूढ़े ने दोनों हाथ जोड़कर दीनता से कुछ कहने की कोशिश की पर घबराहट और डर से निकली आवाज सिपाहियों की समझ में नहीं आई।

"बहन चो...बोलता है या दूँ एक रहपटा और।" सिपाही ने हाथ उठाया। जुड़े हुए दोनों हाथ बूढ़े ने अपने मुँह के सामने कर लिए। सिपाही ने भी मारा नहीं सिर्फ धमकाता रहा। थोड़ी देर में बूढ़े के बोल साफ फूटे—

"सरकार, पास बनवाए का रहा। घर में मिट्टी पड़ी है। नातिन गुजर गई।"

"क्या..." सिपाही थोड़ा पीछे हट गया।

"झूठ तो नहीं बोल रहा। अभी घर चलकर देखेंगे। अगर गलत

निकला तो साले...में डंडा डाल देंगे।" दूसरे सिपाही ने कहा।

"चलो देख लो साहेब। पासे मा घर है।"

इस पुलिस टुकड़ी का नायक दीवान संजीदा आदमी था। वह अभी तक ज्यादा नहीं बोला था पर बात लंबी खिंचते देख उसने हस्तक्षेप किया—

"जाने दो भैया। गमी किसी पर भी पड़ सकती है।"

"कटुओं को बच्चा पैदा करने के अलावा और क्या काम है। साले चूहे के बच्चों की तरह पैदा करेंगे और मरेंगे। छोड़ो साले को। भाग वे। बिना पास लिए लौटा तो समझ ले तेरे बाप यहाँ बैठे हैं। भाग...जा भाग।"

बूढ़ा भागने की स्थिति में नहीं था लेकिन लड़खड़ाते कदमों से जिस रफ्तार से वह चला वह उसकी उम्र के लिहाज से भागने जैसी ही थी। एकाध बार लड़खड़ाया, गिरते-गिरते सँभला और गिरते-सँभलते अंत में कोतवाली मोड़ पर पहुँच ही गया।

कोतवाली में पिछले सालों का-सा ही दृश्य था। बाहर सड़क पर पुलिस, पी.ए.सी. और फायर ब्रिगेड की गाड़ियाँ खड़ी थीं। पुलिस के जवान बेतरतीब सड़क पर बंद पड़ी दुकानों के चबूतरों, बेंचों और भट्टियों पर बैठे थे। बीच-बीच में किसी बड़े अफसर के आने पर उनमें हलचल होती लेकिन फिर वे शीघ्र ही थकान और ऊब के महासागर में डूब जाते। एक किनारे में बैठकर एक महिला मजिस्ट्रेट कर्फ़्यू पास बना रही थी। उसका कमरा और कमरे के बाहर का बरामदा मछली बाजार की तरह शोर से भनभना रहा था। कमरे के बाहर-अंदर दलालों, नेताओं, पत्रकारों, खुदाई खिदमतगारों और मुसीबतजदा लोगों का जमघट था। परेशानहाल लोग एक-एक पास के लिए गिड़गिड़ा रहे थे। नेता और दलाल धड़ाधड़ पास बटोरकर अपने-अपने चमचों को देते जा रहे थे। जिनका कोई पुरसाहाल

नहीं या, झिड़कियाँ खाते हुए ऐसे लोगों की भीड़ में बूढ़ा भी शरीक हो गया।

बूढ़ा इस देश के ऐसे अधिसंख्यक लोगों की जमात का हिस्सा था जिसके लिए मान-अपमान का कोई अर्थ नहीं था। दैन्य इनके व्यक्तित्व का सबसे अविभाज्य अंग बन जाता है। जिंदगी भर दुत्कारे जाते, डाँट खाते उनका पूरा इनसानी कद काफी छोटा हो जाता है। बूढ़ा भी बार-बार भीड़ में हिचकोले खाता, लताड़ा जाता, दाएँ-बाएँ होता रहा और अंत में मजिस्ट्रेट के सर तक पहुँच ही गया।

"नाम बोलो जल्दी। अब क्या एक घण्टे मैं तुमसे नाम पूछती रहूँगी?" मजिस्ट्रेट की झुँझलाई आवाज ने बूढ़े को झकझोरा।

"अब्दुर्रशीद...अब्दुल रशीद।"

"वजह?"

"जी।"

"जी...जी क्या कर रहा है। पास लेने की वजह क्या है।"

"पोती मर गई। कल मिट्टी देनी है?"

"ओह...क्या उम्र थी उसकी?" आवाज पहली बार नम्र हुई।

बूढ़े ने कोई जवाब नहीं दिया। मरी हुई पोती की उम्र स्मरण करने की उसकी जरा भी इच्छा नहीं हुई।

"कितने लोग जाएँगे?"

"सात-आठ।"

"सात-आठ क्यों? दो बहुत हैं।" आवाज फिर से चिड़चिड़ाहट और खीझ से भर उठी।

बूढ़े ने ऐसे मौके पर वही किया जो उसकी दुनिया के लोग करते

हैं। पहले उसने बहस करने की असफल कोशिश की फिर डाँट दिए जाने पर वह अस्फुट स्वरों में गिड़गिड़ाने लगा। कोई असर पड़ता न देखकर उसने मजिस्ट्रेट के पैर पकड़ने की कोशिश की। अंत में झिड़क के साथ वह तीन लोगों के लिए कल सुबह का कर्फ़्यू-पास मुट्ठियों में भींचे कमरे के बाहर निकल गया।

रास्ते भर दो-तीन जगह टोका गया। दो-तीन जगह पुलिस वाले ही उसे मिले लेकिन कर्फ़्यू-पास ने उसके मन में एक खास तरह का आत्मविश्वास भर दिया था। एकाच बार जब पुलिस वालों ने कर्फ़्यू-पास को उलट-पुलटकर देखा, उसे फाड़कर फेंकने की धमकी दी या सचमुच उसे हवा में उछालकर जमीन पर फेंक दिया तो उसका आत्मविश्वास डगमगाया जरूर लेकिन फिर भी उसके दैन्य और आत्मविश्वास ने मिलकर ऐसी स्थिति पैदा कर दी कि वह धीरे-धीरे किसी तरह घर पहुँच ही गया।

घर पोखर के ठहरे हुए जल की तरह था। उसमें उसके आने की हलकी हलकी हलचल शुरू हो गई। सभी बड़े लोग जगकर उसका इंतजार कर रहे थे। एक बार हलके से खटखटाने भर से ही बुढ़िया ने दरवाजा खोल दिया। ऐसा लगा जैसे वह उसका दरवाजे से लगकर इंतजार कर रही हो। उसे गुस्सा भी आया कि बिना नाम-वाम पूछे बुढ़िया ने कैसे दरवाजा खोला लेकिन वह जब्त कर गया।

"पास मिला?" बुढ़िया ने उसके घर में घुसते ही पूछा।

"हाँ, मिला। तीन जने जाएँगे। सुबह मौलवी साहब का देखे का पड़ी।"

"बस तीने जनी। कैसे कुल होई?" सास की आवाज सुनकर सईदा कुछ चौकी। वह घुटनों में मुंह दबाकर बैठी थी। उसे लगा कि शायद उसका ससुर असफल लौटा है। उसने फिर विलाप शुरू कर दिया।

"हे मौला, हमरी बिटिया के माटी भी ना मिली..."

"चोप्प...साली...खूब मिली माटी। मन भर के माटी दे कल।"

उसके पति ने उसे बीच में ही डपटा। पूरे घटनाक्रम में अपनी बीवी के सामने कायर सिद्ध हो जाने के अहसास ने उसे क्रूर हद तक हिंसक बना दिया था। वह इतना खामोश तबीयत इनसान था कि उसने शायद ही कभी अपनी बीवी के साथ गाली-गालौज की हो। आज पता नहीं बीवी की आँखों में डरपोक साबित हो जाने की शर्म थी या अपनी मरती हुई बेटी के लिए कुछ न कर पाने की विवशता, जिसने उसे हिंसक बना दिया। यदि सईदा फौरन पूरी बात समझकर चुप न हो जाती तो शायद वह उसे मार भी बैठता।

बूढ़े के आने के बाद खामोश कमरे में थोड़ी देर के लिए आवाजों की जो हलचल हुई थी वह जल्दी ही धीरे-धीरे फिर खामोश हो गई। कमरे के प्राणी जिन्होंने खड़े होने या बैठने के लिए अपनी मुद्राएँ बदली थीं, फिर से दीवारों पर पीठ टेककर बैठ गए। केवल सईदा की सास उठकर बक्से उलट-पुलट रही थी। काफी मेहनत के बाद उसे एक सफेद चादर मिल ही गई। वक्त की मार ने इसे बदरंग बना दिया था पर सईदा की सास को लगा कि इसके अतिरिक्त कफन का काम देने के लिए उसके पास कोई और कपड़ा इस समय नहीं मिल सकता था। वह उसी कपड़े को लेकर कैंची से काट-छाँट करने लगी।

रात को तो बहरहाल बीतना ही था लेकिन जग रही आँखों से यह कर्ज की शक्ल में अदा हो रही थी। बच्ची की लाश के इर्द-गिर्द छोटे बच्चे फर्श पर लुढ़क गए। अगर लाश का मुँह कपड़े से ढका न होता तो यह भी इन नींद में डूबे बच्चों में से एक होती। बड़ों के पेट में सुबह के बाद पानी के अतिरिक्त और कुछ नहीं गया था। पानी भी किफायत के साथ खर्च हुआ था। इसलिए सबकी आंतें भूख से ऐंठी हुई थीं और सभी के हलक प्यास से सूखे थे। यह रोज कमाने

और रोज खाने वालों का घर था। कर्फ़्यू लगने के दूसरे या तीसरे दिन से फाकों की नौबत आ जाती थी। अगर मौत न भी हुई होती तो भी शायद यही स्थिति होती। वे सभी अधलेटे कल की फिक्र में थे। अगर कल भी कर्फ़्यू नहीं हटा तो कल दूसरे वक्त तक तो घर के बच्चों को भी फाका करने की नौबत आ जाने वाली थी।

टिमटिमाते बल्ब की रोशनी में रात बीती लेकिन बहुत धीमे-धीमे। बाहर गली में दो-एक बार पुलिस वालों के बूटों की आहट गूंजी। एकाध बार दूर कहीं हर-हर महादेव या अल्ला हो अकबर जैसी आवाजें सुनाई दीं। कमरे के लोग एक-दूसरे से आँखें चुराए बहुत आहिस्ता-आहिस्ता हरकतें करते रहे और रात हौले-हौले बीतती गई।

सात

सड़ी गर्मी की दोपहरी में तीन बजे बिजली चली गई और जल्दी ही सफेदपोशों की पेशानी पर बल पड़ने लगे। कोतवाली में तीन तरह की भीड़ इकट्ठा थी। एक कमरे में एक महिला मजिस्ट्रेट बैठकर पास बना रही थी। उसके कमरे में इतनी आवाजें भनभना रही थीं कि कुछ सुनाई नहीं दे रहा था। लोग एक-दूसरे में भिंचे हुए थे और एक के ऊपर एक गिर पड़ रहे थे। ऐसे में बिजली गई और पंखा बंद हुआ तो पसीने और झुंझलाहट ने कमरे को छोटे-मोटे युद्ध के मैदान में परिवर्तित कर दिया।

पंखा बंद होते ही बगल के बड़े कमरे में बैठे पत्रकारों ने दंगे की चर्चा छोड़कर बिजली विभाग को कोसना शुरू कर दिया। उन्हें तीन बजे जिले के आला अफसरों ने ब्रीफिंग के लिए बुलाया था। एक तो साढ़े तीन बज चुके थे और आला अफसरान अभी तक अनुपस्थित थे, दूसरे बिजली चली गई। पत्रकारों ने हल्ला मचाना शुरू कर दिया। जो छोटे अफसरान अभी तक बैठे उन्हें बहला रहे थे, धीरे-धीरे बाहर खिसक गए। पत्रकारों ने प्रेस कॉन्फ्रेंस की बायकाट की बात की और बिना किसी उतावली के बैठे रहे। आज उनका अपना मतलब था इसलिए चाहे जितनी देर हो वे उठने वाले नहीं थे। अगर दूसरा कोई मौका होता तो उनमें ज्यादातर पैर पटकते हुए निकल जाते और छोटे अफसर उनके सामने घिघियाते रहते।

तीसरी तरफ कोतवाली के आँगन में ऐसे लोगों की भीड़ थी जिन्हें शांति कमेटी की बैठक के लिए बुलाया गया था। ये लोग राजनीतिज्ञ,

समाजसेवी, व्यापारी या डॉक्टर-वकील जैसे पेशों से जुड़े हुए लोग थे जो हर साल दंगे के अवसर पर, त्योहार वगैरह के मौकों पर कोतवाली में बुलाए जाते थे। इन लोगों के चेहरे और भाषण इतने घिस-पिट गए थे कि कोतवाली की दीवारें भी बोल सकती होतीं तो इनके खड़े होते ही इनका भाषण दोहराने लगतीं। इस साल भी दंगा शुरू होने से पहले तो अफसरों ने हुक्म जारी किया कि एक परिंदा भी सड़कों पर न दिखाई दे और बाहर निकलने वालों की खाल खींच ली जाए। बाद में जब मंत्रियों के दौरे शुरू हुए और यह शिकायत की जाने लगी कि जनप्रतिनिधियों का सहयोग नहीं लिया जा रहा है तब उन्होंने देर रात शांति कमेटी की बैठक बुलाने का फैसला किया। सुबह से दोपहर तक जल्दी-जल्दी लोगों को सूचना देने के लिए सिपाही दौड़ाए गए और तीन बजे की बैठक के लिए साढ़े तीन बजे तक 10-15 लोग इकट्ठे हो गए। इक्का-दुक्का लोग अभी भी आते जा रहे थे और आने के बाद लगभग सभी लोग यही किस्सा सुनाते कि किस तरह उन्हें देर से सूचना मिली और किस तरह उन्होंने फौरन बदन पर कुर्ता डाला या चप्पलें पहनीं और भागे चले आए। इस तरह की बैठकें कभी समय पर नहीं शुरू होती थीं और तय था कि अगले एकाध घंटे तक लोग आते रहेंगे। हाकिमों ने सोचा भी यही था कि प्रेस कॉन्फ्रेंस के बाद यह बैठक शुरू करेंगे। बिजली जाते ही तीनों गुटों में विभक्त लोग एक-दूसरे में गड्ड-मड्ड होने लगे। पसीने और उमस से त्रस्त लोगों के लिए बैठना मुश्किल होने लगा। प्रेस के लोग उठे और बाहर बरामदे में, दो-तीन ग्रुपों में विभक्त होकर खड़े हो गए। उनकी बातचीत का मुख्य मुद्दा दंगे की शुरुआत का कारण और दंगे में अफसरों की विफलता था।

मुंशी हरप्रसाद पुराने स्वतंत्रता संग्राम सेनानी थे और पिछले बीस वर्षों से राजधानी से प्रकाशित होने वाले अंग्रेजी दैनिक के संवाददाता थे। सत्तर साल की उम्र में भी पूरे सक्रिय रहते थे। लोग उन्हें छेड़ते थे और वे हर बार कोई ऐसी बेबाक तल्ख टिप्पणी कर देते थे जिससे

कोई न कोई तिलमिला जाता और काफी लोगों के लिए अपनी हँसी रोकना मुश्किल हो जाता था। आज वे खामोश थे और कई पत्रकारों के प्रयास करने पर भी कुछ नहीं बोले।

"क्या बात है मुंशी जी आज तबियत कुछ ढीली लग रही है।"

"तबियत ससुरी को क्या हुआ है पर...मुंशी जी ने बात टालने की कोशिश की लेकिन फिर उन्हें लगा कि न बोलने पर छेड़खानी होगी इसलिए बोले, "मैं सोच रहा था कि ये शांति कमेटी के नाम पर जो शंकर जी की बारात कोतवाली में इकट्ठी की गई है अगर इन सबको मीसा में बंद कर दिया जाए तो शहर में दंगा-फसाद अभी रुक जाए।"

तेज हँसी का फव्वारा टूटा। शांति कमेटी में भाग लेने वाले जो बरामदे में खड़े थे उनमें से कुछ ने न सुनने का नाटक किया और कुछ तिलमिला गए। कुछ जो ज्यादा मोटी चमड़ी के थे उन्होंने हँसी में साथ दिया।

"इन्हीं को काहे बंद करते हैं जी। अरे अपने पत्रकार बंधुओं को भी बंद कीजिए न, जो चटखारे ले-लेकर खबर छाप रहे हैं। मरेगा एक, इन्हें लाशें पच्चीस दिखाई देंगी। पटाखा छूटेगा तो बम छापेंगे। हमारे साथ-साथ इन्हें भी बंद कीजिएगा तभी दंगा रुकेगा।"

इसके बाद थोड़ी देर तक हंगामा होता रहा। प्रेस की आजादी से लेकर जनता की प्रशासन में भागीदारी तक तमाम बातें होती रहीं लेकिन जल्दी ही मामला सहज हो गया और दोनों पक्षों के लोग एक-दूसरे से व्यक्तिगत मजाक करने लगे। ज्यादातर लोग एक-दूसरे को जानते थे और एक-दूसरे से हँसी-मजाक करने के आदी थे।

मुंशी जी का मन फिर से खिन्न हो गया। वे दंगे से प्रभावित इलाकों में आज देर तक घूमते रहे थे और हिंसा के बरबादी के तांडव नृत्य से बुरी तरह विचलित थे। पत्रकारों और शांति कमेटी के लोगों के बीच में जो फाश किस्म के मजाक चल रहे थे उन्होंने उन्हें और

दु:खी कर दिया। राजधानी से चार पत्रकारों का एक दल आया था जो अपनी पोशाक और कैमरों की वजह से अलग पहचाना जा रहा था। अपने को स्थानीय पत्रकारों से विशिष्ट मानते हुए यह दल अलग खड़ा था। मुंशी जी के साथ यह दल भी कर्फ़्यूग्रस्त इलाकों में गया था। मुंशी जी विरक्त मन से इस दल के पास चले गए।

"मुंशी जी, इट इज हारिबल। इतनी बड़ी ट्रेजडी इस शहर में घटी है, फिर भी इन जर्नलिस्टों की सेंसिबिलिटी को क्या हो गया है। कैसे बेशर्म होकर हँस रहे हैं?"

मुंशी हरप्रसाद ने आँखें सिकोड़ कर जींसधारी लड़की को बोलते हुए सुना। उन्हें लगा कि उन्हें कै हो जाएगी। आज ये लड़के-लड़कियाँ उनके साथ घूम रहे थे। जले हुए मकान या उनके मलबे में दबे कंकालों को देखकर अंग्रेजी में अपनी तकलीफ बयान करने वाले इन लोगों ने तेज धूप हो जाने पर सूचना अधिकारी की जीप के पीछे से क्रेट उतरवाकर एक अधजले मकान के बरामदे में बैठकर चिल्ड बियर पी थी। मुंशी जी ड्राइवर की बगल में बैठे गुस्से से हार्न बजाते रहे थे। अब इस लड़की को दूसरे बेशर्म और संवेदनशून्य लग रहे थे।

कामरेड सूरजभान मुंशी जी की मन:स्थिति भाँप गए। वे पिछले कई दशकों से उनके मित्र थे। यह बात उन्हें अच्छी तरह से मालूम थी कि मुंशी हरप्रसाद सिर्फ कलम घसीटू पत्रकार नहीं थे। खबरें उन्हें प्रभावित करती थीं और अकसर खबरें इकट्ठा करते-करते वे खुद उसका भाग बन जाते थे। उन्होंने करीब जाकर मुलायमियत से मुंशी जी का हाथ पकड़ा और उन्हें एक दूसरे कोने की तरफ ले गए।

बरामदे के एक तरफ जोर-जोर से बोलने की आवाज आने पर लोगों का ध्यान उधर आकर्षित हो गया। फर्म खेमचंद जुगल किशोर के मालिक लाला राधे लाल चिढ़ाए जाने पर।

आहत नाग की तरह फुफकार रहे थे।

"ठीक है, दंगे में अनाज की कीमतें बढ़ेंगी तो मेरा फायदा हो जाएगा। लेकिन फायदा किसे काटता है। मैं इतना तो पतित नहीं हूँ कि अपनी बिक्री बढ़ाने के लिए खुद दंगा करा हूँ। आप तो शर्मा जी यह भी करा सकते हैं। आपको पाकिस्तान और मुस्लिम लीग के झंडों में फर्क नहीं मालूम है? यह भी आपको मालूम है, खुल्दाबाद की मस्जिद की बगल में मुस्लिम लीग का दफ्तर है। फिर भी आपने मुस्लिम लीग के दफ्तर पर फहरने वाले झंडे की तस्वीर छापकर कैप्शन यह दिया कि मस्जिद पर पाकिस्तानी झंडा फहराया गया। अब बताइए दंगा आप करा रहे हैं कि मैं?"

"लेकिन गुरु, दंगा शुरू होने पर फायदा तो तुम्हीं कमाओगे।"

"हाँ, अब जनता साली चूतिया है। दंगा करती है तो चार पैसे हम भी कमा लेते हैं।"

लोग हँसे और फिर आत्मीय किस्म के मजाक होने लगे जिससे वातावरण का तनाव घटने लगा।

इन दोनों तरह की भीड़ से अलग तीसरे किस्म की भीड़ थी जो बिजली जाने के बावजूद कमरे से निकलना ही नहीं चाहती थी। यह कर्फ़्यू-पास बनवाने वालों की थी जो एक छोटे-से कमरे में एक महिला मजिस्ट्रेट और दो-तीन अहलकारों से उलझी हुई थी।

मजिस्ट्रेट एक नौजवान लड़की थी जो कभी नई-नई नौकरी में आई थी। नई होने के कारण अभी वह अपने दूसरे सहयोगी अफसरों की तरह संवेदनशून्य नहीं हुई थी। अभी तक उसके मन में कुछ आदर्शवाद शेष था। वह कुछ काम करना चाहती थी और जनता उसके लिए पूरी तरह से जड़ संज्ञाशून्य चीज नहीं हुई थी। इसलिए पसीने से पूरी तरह लथपथ भी वह अपने काम में जुटी हुई थी। बीच-बीच में वह झुंझला जरूर जाती थी लेकिन उसकी उँगलियाँ रुक नहीं रही थीं। उसके अमले ने दो-एक बार गर्मी या उमस की

दुहाई दी लेकिन मजिस्ट्रेट की बेरुखी की वजह से उन्हें बाहर जाने का मौका नहीं मिला।

शांति कमेटी में आए हुए लोगों में कुछ राजनीतिज्ञ थे। म्यूनिसिपल्टी के चुनाव करीब थे। बाहर आने पर उन्हें पास बनवाने वालों में अपने वोट नजर आ गए। उन्होंने अपने-अपने वोटों को पकड़ा और उनके पास बनवाने के लिए पिल पड़े। उनके आ जाने से सारी व्यवस्था गड़बड़ा गई। मजिस्ट्रेट की आवाज ज्यादा झुंझलाने लगी। एक-दूसरे को धकियाने और शोर मचाते नेताओं को देखकर उसे अहसास हुआ कि कमरे में उमस ज्यादा बढ़ गई है। उसने अचानक अपनी फाइलें बंद कीं और घोषित किया कि बिजली आने पर ही काम होगा। उसके अहलकारों को मौका मिला, वे सरपट कमरे से निकल भागे।

मजिस्ट्रेट के महिला होने के कारण नेतागण पहले तो सकपकाए लेकिन फिर एकदम हो-हल्ला शुरू हो गया—

"अफसरशाही ने देश बरबाद कर दिया साहब। पहले दंगा करवाते हैं फिर जनता के साथ जानवरों की तरह पेश आते हैं।"

"अजी दंगा हो तो इनकी इन्कम तो बढ़ जाती है। बाँटिए रिलीफ, कमाइए पैसा। हमें नहीं पता ये कल से जो दूध बँट रहा है इसकी मलाई कहाँ जा रही है।"

"अरे यहीं दीजिए सौ रुपया एक पास का, सब बन जाएगा, बिजली रहे न रहे।"

"क्या—क्या कहा? मैं पैसा माँग रही हूँ?" मजिस्ट्रेट का मुँह तमतमा गया। वह कुछ कहना चाहती थी पर उसकी आवाज रुंध गई। उसके चपरासी और अहलकारों ने दो-एक पुलिस सिपाही बुला लिए थे और उनकी मदद से वे उसे बगल वाले कमरे में ले गए।

मजिस्ट्रेट नई थी इसलिए इस तरह की स्थिति झेलने की उसे आदत नहीं थी। नेतागण पुराने थे, उन्हें पता था कि भीड़ बनकर किस तरह अफसरों को छूट किया जा सकता था। इन दोनों के बीच में

परेशान और दुखी लोगों का जत्था था जिन्हें पता नहीं चल पा रहा था कि उन्हें कर्फ़्यू पास कब मिलेगा। इनमें से किसी का बच्चा बीमार था, किसी को स्टेशन जाना था। ये लोग कमरे में इधर-उधर बिखर कर बैठ गए। इंतजार के अलावा उनके पास कोई चारा नहीं था।

"एक्सक्यूज मी मुंशी जी, ये झंडे का क्या मामला है?" दिल्ली से आए प्रेस के लड़के-लड़कियों ने मुंशी जी को घेर लिया।

"झंडा—कैसा झंडा?" मुंशी जी ने टालने की कोशिश की।

"अभी कोई कह रहा था न कि यहाँ लोकल प्रेस ने मुस्लिम लीग के झंडे को पाकिस्तानी झंडा बनाकर छाप दिया था।"

मुंशी जी स्थानीय विवाद में नहीं पड़ना चाहते थे इसलिए जवाब दिया कामरेड सूरजभान ने, "भाई, माफ कीजिएगा, मुझे आपका नाम नहीं मालूम। लेकिन आप जो भी हो, इतना सुन लीजिए कि आपके राजधानी के अखबारों ने भी कम गदर नहीं ढाया है। हर दंगे में आप लोग पाकिस्तानी हाथ ढूँढ़ लेते हैं। आजादी के बाद कोई दंगा ऐसा नहीं हुआ जिसमें मुसलमान ज्यादा न मारे गए हों, लेकिन आप लोग हमेशा ऐसी खबरें छापते हैं जिनसे ऐसा लगता है कि हिंदुओं का कत्लेआम हो रहा है। अगर मुसलमान पुलिस, पी.ए.सी. की ज्यादती की शिकायत करते हैं तो आपको वह देशद्रोह नजर आने लगता है। लोकल प्रेस वाले आपके छोटे भाई हैं। मस्जिद के बगल में मुस्लिम लीग के दफ्तर पर उसका झंडा फहरा रह था। थोड़ी-सी ट्रिक फोटोग्राफी से झंडा मस्जिद पर पहुँच गया। नीचे यह कैप्शन देने में उनका क्या जाता है कि झंडा पाकिस्तानी है। अब इस बात से अगर शहर का तनाव कुछ बढ़ गया तो अखबार वालों की सेहत पर क्या फर्क पड़ता है। दिल्ली से लखनऊ तक अखबारों के दफ्तरों में ज्यादातर पैंट के नीचे हाफ पैंट पहनने वाले लोग है।" मुंशी हरप्रसाद ने कामरेड सूरजभान का हाथ दबाया और उन्हें एक कोने में ले गए। राजधानी वाले उनके हमले से कुछ हतप्रभ हुए। वे जवाब देना चाहते थे लेकिन कामरेड के हट जाने से तिलमिला कर रह गए।

बिजली और आला हुक्काम एक साथ आए। एक कमरे में प्रेस कॉन्फ्रेंस शुरू हुई।

"मरने वालों का टोटल कितना पहुँचा?"

"सत्रह।"

"नहर में कितने बहा दिए गए?"

...

"मरने वालों की गिनती कैसे करते हैं?"

"मार्चरी में पोस्टमॉर्टम के लिए जितनी डेड बॉडीज पहुँचती हैं..." "पर जो पहुँच ही नहीं पाईं? जिन्हें नहर में बहा दिया गया उनका...?"

ठंडे की बोतलें, बर्फी और समोसे आ गए। बीच-बीच में शिकवे-शिकायतें होती रहीं कि प्रेस को कर्फ़्यू-पास देने में देर की गई। कर्फ़्यूग्रस्त इलाके के दौरे के लिए सूचना विभाग को धक्का मार जीप उपलब्ध कराई गई, उसे भी दिल्ली प्रेस लेकर घूमता रहा, लोकल प्रेस वाले टापते रहे वगैरह-वगैरह। ज्यादा शिकायतें हुई तो समोसे और मँगा लिए गए।

"दंगा-वंगा तो चलता रहेगा। प्रेस कॉलोनी का क्या हुआ? दंगे की वजह से लेट हो गया। लेकिन दंगा खत्म होते ही एलाटमेंट हो जाना चाहिए।"

"हो जाएगा...दंगा न होता तो अब तक हो गया होता। जमीन तो तय हो गई है। एकदम सिविल लाइन्स के बीच में है। बस प्लॉट कटना है। दंगा खत्म होते ही कट जाएगा।"

कुछ पत्रकारों ने अभी तक प्लॉट के लिए दरख्वास्तें नहीं दी थीं। उन्होंने हल्ला मचाया कि उन्हें आखिरी तारीख का पता नहीं चला। उन्हें बताया गया कि वे बैक डेट में दरख्वास्त दे दें। उनमें से कई ने कागज फाड़ा और दरख्वास्तें लिखने बैठ गए।

पत्रकारों को हुक्कामों ने छोटे-छोटे ग्रुपों में विभक्त कर समझाया कि उन्हें कैसे रिपोर्टिंग करनी है।

मुंशी हरप्रसाद और कामरेड सूरजभान बाहर निकल आए। कामरेड सूरजभान तो जबरदस्ती प्रेस कॉन्फ्रेंस में बैठ गए थे। उन्हें शांति कमेटी में बुलाया गया था। वे उधर चले गए, साथ में मुंशी हरप्रसाद को लेते गए। वहाँ अभी देर थी। ज्यादातर भाग लेने वाले बाहर घूम रहे थे। कोई पास बनवाने लगा था तो कोई प्रेस कॉन्फ्रेंस वाले कमरे में ताक-झाँक कर रहा था। जब तक हाकिम लोग शांति कमेटी के पंडाल में नहीं आ जाते तब तक यही होना था।

दोनों लोग एक कोने में कुर्सी खींचकर बैठ गए। उनके इर्द-गिर्द और लोग भी आ गए फिर बातचीत दंगे की शुरुआत, मरने वालों की संख्या और नुकसानों पर केंद्रित हो गई।

"दंगा किसी ने शुरू किया हो," कामरेड सूरजभान दुखी स्वर में बोले, "एक बात अब बड़ी साफ दिखाई देने लगी है। आजादी के समय जब भी दंगे होते थे तो ऐसे लोगों की तादाद बहुत हुआ करती थी जो दंगा कराने वाली शक्तियों के खिलाफ खड़े होते थे। अब ऐसे लोगों की संख्या दिनों-दिन कम होती जा रही है।"

"अजी अब तो पड़ोसी भी पड़ोसी को नहीं बचाता। पहले कम से कम पड़ोसी का यह भरोसा तो रहता था कि वह हमला नहीं करेगा। लेकिन अब तो यह भी नहीं रहा।"

"रामपाल सिंह पुराने कम्यूनिस्ट हैं। पिछले बीस साल से कार्ड-होल्डर हैं। उनका लड़का दंगे में मारा गया। मैं मातमपुर्सी करने गया तो दंग रह गया। इतना बड़ा आदमी कम्युनल हो गया है। खुले आम मुसलमानों के खिलाफ बोल रहा था। मैंने कहा भी कि कामरेड, तुम्हें मुसलमानों के खिलाफ नहीं बल्कि उन टेंडेंसी के खिलाफ बोलना चाहिए जो दंगा कराती हैं। लेकिन कौन सुनता है। इस समय तो लगता है कि पूरा शहर हिंदू या मुसलमान में बंट गया है।"

मुंशी हरप्रसाद ने कामरेड सूरजभान के कंधे पर हाथ रखा। वे उनका दर्द समझ रहे थे। वे कई दिनों से कामरेड को रात-रात भर अपने साथियों से उलझते देख रहे थे। अकसर देर रात कामरेड सूरजभान उनके घर आते और विक्षिप्तों की तरह प्रलाप करने लगते।

"सब कुछ खत्म हो रहा है मुंशी जी। ऐसे-ऐसे साथी सांप्रदायिक हो गए हैं जो पिछले बीसियों सालों से इसका मुकाबला करते आए हैं।"

मुंशी जी सुनते और खामोशी से सर हिलाते रहते। वे खुद देख रहे थे कि जो लोग पिछले दंगों में बढ़-चढ़कर शांति मार्च में भाग लेते थे या बाधाओं के खिलाफ अपने-अपने मोहल्लों में लोगों को शिक्षित करते थे, वे लोग भी हिंदू या मुसलमान हो गए हैं। यह हाल के दिनों में ही संभव हुआ था कि पड़ोसी का पड़ोसी पर से विश्वास हटना शुरू हो गाल का। पहली बार उन्होंने देखा कि पड़ोसियों पर हमला किया गया और उनके घरों में लूटपाट की गयी। शायद यह पिछले कुछ सालों से दोनों संप्रदायों के बीच निरंतर बढ़ रहे जहर का असर था जिसने स्थिति को यहाँ तक पहुँचा दिया था।

अफसरों के पंडाल में आते ही शांति कमेटी के जो लोग बाहर घूम रहे थे, धीरे-धीरे अंदर आने लगे। प्रेस कॉन्फ्रेंस खत्म होने के कारण पत्रकारों में से भी कुछ इस पंडाल में आ गए।

"आदरणीय जिलाधिकारी जी, श्रीमान कप्तान साहब, हमारे और मौजूद अफसरान बाला, इस शहर के प्रबुद्ध नागरिकगण, बहनो और भाइयो, जिस तरह हर सभा के लिए अध्यक्ष की जरूरत पड़ती है उसी तरह हमारी इस सभा के लिए भी एक अध्यक्ष की जरूरत है। मैं मुखर्जी दादा का नाम इस सभा की अध्यक्षता के लिए प्रस्तावित करता हूँ।"

"मैं इसका समर्थन करता हूँ।"

वाक्य खत्म होने के पहले ही मुखर्जी दादा अध्यक्ष की कुर्सी पर बैठ गए। वे दसियों साल से इन सभाओं की अध्यक्षता कर रहे थे। इसलिए पहले से तैयार होकर आते थे। दूसरे लोग भी अब इसके इतने अभ्यस्त हो गए थे कि अध्यक्षता ग्रहण करने के इस कार्यक्रम को एक अनिवार्य हरकत के रूप में स्वीकार करने लगे थे।

मुखर्जी दादा के एक तरफ कलेक्टर और दूसरी तरफ कप्तान बैठे थे। मंच पर दो विधायक और एक सांसद भी बैठ गए थे। सभा की कार्यवाही शुरू हुई। जिन सज्जन ने अध्यक्ष का नाम प्रस्तावित किया था वे माजिद साहब पेशे से वकील थे और कोतवाली की सभाओं के स्थायी संचालक थे। उन्होंने माइक हाथ में लिया और शुरुआत अपनी तकरीर से कर डाली। लोग उनकी इसी आदत से ऊबते थे। वे किसी वक्ता को बुलाने के पहले काफी लंबी भूमिका बाँधा करते थे। शेरो-शायरी से भरी अपनी लंबी भूमिका के बाद वे अगले वक्ता को बुलाते और उसके माइक पर आते-आते उसे तीन-चार बार समय का ध्यान रखने की हिदायत देते। बहुत कम वक्ता उनकी इस सलाह पर ध्यान देते। अकसर वक्ताओं और उनमें माइक की छीना-झपटी हो जाती।

आज भी माजिद साहब ने कई शेर सुनाए और बैठे हुओं को याद दिलाया कि चमन को सुर्ख लहू की नहीं बल्कि सुर्ख फूलों की जरूरत है। जब लोग काफी बोर हो गए और आवाजें कसने लगे तब उन्होंने वक्ताओं को बुलाना शुरू कर दिया।

मंच के पीछे कनात लगी थी। उस कनात से सटकर चार-पाँच मजिस्ट्रेट और पुलिस अधिकारी कुर्सियों को इस तरह डाले बैठे थे कि उनकी फुसफुसाहट मंच पर बैठे उनके अधिकारियों तक न पहुँचे। जब भी कोई वक्ता पूरी गंभीरता से शहर को जलने से बचाने की अपील गला फाड़-फाड़कर करता, ये लोग उसकी माँ-बहन करने लगते।

"साला यहाँ शांति का उपदेश दे रहा है। अपनी गली में जाकर छुरे बाँटेगा।"

"इन्हीं सालों को बंद कर दो, दंगा अपने आप रुक जाएगा।"

"बंद कैसे कर दें, अफसरान इन्हें दामाद की तरह कोतवाली में बुलाकर चाय-समोसा खिलाते हैं।"

"अफसरान क्या करें। न खिलाएँ तो मंत्री डंडा कर देगा।"

उनकी आवाज या हँसी कभी-कभी तेज होकर मंच की कुर्सियों से टकराने लगती। कोई मंच से आँख तरेरकर देखता और वे एक-दूसरे के हाथ दबाकर थोड़ी देर के लिए चुप हो जाते। थोड़ी देर बाद उनकी खिलखिलाहट या आवाज फिर भनभनाने लगती।

"भाइयो, जैसा कि मैंने पहले बताया हमारे देश के नौकरशाहों को हमारी याद तभी आती है जब हालत उनके कंट्रोल के बाहर हो जाती है। मैंने पहले भी कहा था कि जब वक्त गुलशन को पड़ा लहू हमने दिया—और जब आज बहार आई है तो पूछते हैं कि तुम कौन हो? पहले हमें यहाँ बुलाया नहीं गया। बहरहाल अब जब बुला ही लिया गया है तो बता देते हैं कि दंगा कैसे कंट्रोल होगा...।"

"जरूर बताओ बेटा। तुम नहीं बताओगे तो दंगा कंट्रोल कैसे होगा?"

पीछे की कुर्सियों से की गई फुसफुसाहट इतनी तेज थी कि वक्ता के अलावा सभी ने सुना। मंच पर बैठे हाकिम मुस्कराए। अगली पंक्तियों में बैठे लोगों में से कुछ ने दाँत निपोर दिए लेकिन वक्ता पर कोई असर नहीं पड़ा।

"हाँ तो मैं कह रहा था कि जो भाई पुलिस और पी.ए.सी. के खिलाफ बोल रहे हैं वे हमारे देश का मनोबल तोड़ रहे हैं—वे सी.आई.ए. और फिलिस्तीन के एजेंट हैं...।"

"फिलिस्तीन? ये फिलिस्तीन कब से आ गया दंगा कराने?"

"मेरा मतलब है फिलिस्तीन नहीं बल्कि चीन...मेरा मतलब है जापान।"

"अबे तेरे मतलब से हमें क्या लेना-देना...।"

हंगामा हो गया और थोड़ी देर में शांत हो गया। अगला वक्ता बुला लिया गया। इस तरह की बैठकों में ऐसे हंगामे तो होते ही रहते थे, लिहाजा किसी ने ज्यादा परवाह नहीं की।

बोलने वाले को छोड़कर किसी को किसी के भाषण में दिलचस्पी नहीं होती थी। कभी किसी शेर या चुटकुले पर भले दूसरों का ध्यान आकर्षित हो जाए नहीं तो बोलने वाले और सुनने वाले अपनी-अपनी रौ में बहे जा रहे थे।

पं. अयोध्यानाथ दीक्षित शहर के विधायक थे। मंच पर हाकिमों के साथ बैठे थे लेकिन अपना भाषण खत्म करके नीचे चले आए थे। वे उद्विग्न थे क्योंकि यह दंगा उनके राजनीतिक अस्तित्व के लिए खतरनाक था। पिछले चुनाव के वक्त भी दंगा हुआ था लेकिन उस समय दंगा उनके हित में गया था। उनके पुराने प्रतिद्वन्द्वी रामकृष्ण जायसवाल इस समय दंगे का फायदा उठा रहे थे। चुनाव एकदम सर पर था। उन्हें पूरा शक था कि दंगा रामकृष्ण जायसवाल ने ही कराया है। रामकृष्ण था तो पूरा हिंदूवादी लेकिन हाजी बदरुद्दीन बीड़ी वाले से उसकी पटती भी खूब थी। पूरा शहर जानता था कि जायसवाल और हाजी जब मिलकर चाहें शहर में दंगा हो जाएगा। चुनाव के समय दंगा होने का खतरा यही था कि वोटर हिंदू और मुस्लिम में बँट जाएँगे। मुसलमान हाजी बदरुद्दीन के पीछे गोलबंद होंगे तो हिंदू भी किसी हिंदू नेता की तलाश में जायसवाल के समर्थन में एकजुट हो जाएँगे। इस चक्कर में मारे जाएँगे पं. अयोध्यानाथ दीक्षित।

दीक्षित जी मंच से उतरकर एक कोने में खड़े होकर अपने समर्थकों से बातचीत करने लगे। बात कम कर रहे थे। रामकृष्ण जायसवाल की गतिविधियों पर ध्यान ज्यादा रख रहे थे: साला कैसे मुस्कराकर कलेक्टर से बातें कर रहा है। इस कलेक्टर से भी निपटना है। कमबख्त ने जायसवाल को नीचे से बुलाकर मंच पर बैठा लिया।

चुनाव की घोषणा के पहले हटवाना है। बदमाश जानता नहीं कि दंगा रामकृष्ण जायसवाल और हाजी बदरुद्दीन ने मिलकर करवाया है। मैंने मना किया था कि इन लोगों को शांति कमेटी की बैठक में न बुलाया जाए। फिर भी नालायक ने न सिर्फ दोनों को बुलाया बल्कि मंच पर अपने पास बैठाया है। इसलिए दीक्षित जी ने आज भाषण में जिला प्रशासन की काफी खिंचाई कर दी। कहीं कोई राहत नहीं बँटी, पूरा शहर गंदगी में बजबजा रहा है और जरूरत के सामान न मिलने से त्राहि-त्राहि कर रहा है। दीक्षित जी यह भूलकर कि वे किसी सभा के अंग हैं जोर-जोर से अपने समर्थकों के बीच जिला प्रशासन को कोसने लगते हैं।

दीक्षित जी की परेशानी से रामकृष्ण जायसवाल और हाजी बदरुद्दीन बीड़ी वाले दोनों को मजा आ रहा है। दोनों बीच-बीच में एक-दूसरे को देखकर आँख मारते हैं। दोनों जबर्दस्ती मुस्करा-मुस्कराकर कलेक्टर से बात करते हैं। दीक्षित जी दूर से देखकर दाँत पीसते हैं। 'इस कलेक्टर को तो दंगा खत्म होते ही हटवाना है।' कलेक्टर भी इस स्थिति को समझ रहा है। इसलिए वह कनखियों से दीक्षित को देखते हुए जायसवाल और हाजी दोनों से बचने की कोशिश करता है लेकिन दोनों जबर्दस्ती झुककर बारी-बारी से उसके कान में कुछ कहने की कोशिश करते हैं और उसे मजबूरन सर हिलाना पड़ता है।

कलेक्टर ने अपनी जगह बदलनी चाही। वह जायसवाल और हाजी से दूर बैठने का बहाना ढूँढ़ रहा था। मंच पर किनारे पुलिस कप्तान बैठा था। उसने कप्तान से इशारा कर जगह बदलने का प्रयास किया लेकिन कप्तान ने उसका इशारा समझने से इनकार कर दिया। दरअसल उसे कलेक्टर की परेशानी में मजा आ रहा था। कलेक्टर ने पिछले कई दिनों से उसे दुखी कर रखा था। मंत्रियों से उसने शिकायतें की थीं कि पुलिस उसे पूरा सहयोग नहीं दे रही है। अपने विश्वसनीय पत्रकारों के जरिए उसने पुलिस के खिलाफ खबरें प्लांट कराई थीं

इसलिए कप्तान ने भी आज से अपने विश्वसनीय पत्रकारों को ब्रीफ करना शुरू कर दिया था।

अयोध्यानाथ दीक्षित सत्ता पक्ष के विधायक थे। उनका इस्तेमाल कलेक्टर के खिलाफ हो सकता है, यह कप्तान की समझ में आ गया। उसने धीरे से अपने एक मातहत को बुलाकर उसके कान में कहा कि दीक्षित को जाकर उससे मीटिंग के बाद मिलने को कहें। मातहत ने उसका हुक्म बजा दिया। कलेक्टर ने कप्तान की फुसफुसाहट और मातहत का दीक्षित तक जाना देखा। उसने कप्तान से निपटने के लिए नई रणनीति बनानी शुरू कर दी।

वक्ताओं के भाषण इतनी देर तक चले कि जो बोलने को रह गए उन्हें छोड़कर सबका धैर्य जवाब दे गया। जिन्होंने सभा बुलाई थी वे भी बोर हो गए। मंच पर बैठे दो-तीन लोगों ने माजिद साहब को बुलाकर उनके कान में कुछ कहा। माजिद साहब ने हर बार सिर हिलाया लेकिन हर बार माइक खाली होते ही पहले अपने दो-तीन शेर सुनाए फिर अगले वक्ता को बुला लिया। अंत में कलेक्टर ने माजिद से सख्ती से कुछ कहा और उन्होंने अध्यक्ष को अपना अध्यक्षीय भाषण देने के लिए निमंत्रित कर दिया। जो लोग भाषण देने से रह गए उन्होंने हंगामा कर दिया। थोड़ी देर तक शोर-शराबे में कुछ नहीं सुनाई दिया। इसी अफरातफरी में एकाध लोग आए और भाषण देकर चले गए। बड़ी मुश्किल से अध्यक्ष ने खड़े होकर माइक पर कब्जा कर लिया।

अध्यक्ष मुखर्जी दादा का भाषण लोग पिछले कई सालों से सुनते आ रहे थे। आज भी उन्हें पता था कि कहाँ वे लतीफा सुनाएँगे, कहाँ ताली बजानी है और कहाँ शेम-शेम की आवाज लगानी है। एकाध जगह वे भूल गए तो श्रोताओं ने उन्हें याद दिला दिया। बहरहाल उनके भाषण के खत्म होने के पहले ही लोग खड़े हो गए और उनके आखिरी शब्द कुर्सियों, कदमों और लोगों की आवाज में दब गए। बगल में एक शामियाने में चाय-नाश्ते का इंतजाम था। लोग उसमें धँस गए।

चाय-पान के दौरान चापलूसी और छिद्रान्वेषण के दौर चलते रहे। नेता, अफसर, पत्रकार और समाजसेवी ईर्ष्या, द्वेष और कलह के साथ एक-दूसरे को नीचा दिखाने के हर मौके का इस्तेमाल करते रहे। दंगा तो हर दूसरे-तीसरे साल होना था, उसके बारे में बहुत चिंतित होने की जरूरत नहीं थी। कोई भी षड्यंत्र का छोटे से छोटा मौका नहीं चूकना चाहता था, इसलिए सभी ने इस अवसर का भरपूर फायदा उठाया।

आठ

तलाशियाँ चल रही थीं। हर दो-तीन साल पर इसकी नौबत आती ही थी, इसलिए सव कुछ काफी हद तक निर्धारित-सा था। जिस साल फौज आ जाती थी उस साल फौज से नहीं तो बी.एस.एफ., सी.आर.पी. जो भी उपलब्ध हो उससे शहर के पाकिस्तानी हिस्से को घेर कर सिविल पुलिस और पी.ए.सी. के लोग तलाशियाँ लेते थे। अफसरों को पूरा यकीन रहता था कि दंगा इसी हिस्से के लोग करते हैं, इसलिए तलाशियाँ इन्हीं इलाकों की होती थीं। किन्हीं-किन्हीं सालों में तो जब मरने वालों में सभी यहीं के लोग होते थे तब भी ये तलाशियाँ सिर्फ इन्हीं मोहल्लों की होती थीं। इस बार भी मरने वाले सभी छह लोग यहीं के थे पर अफसरों ने शहर के पाकिस्तानी हिस्से की तलाशी का कार्यक्रम बनाकर रात डेढ़ बजे से उस पर अमल करना आरम्भ कर दिया।

दिन-भर उमस भरी सड़ी गर्मी के पसीने से नहाया हुआ शहर इस समय हलकी शीतल बयार की खुशफहमी का शिकार हो चुका था। सिर्फ वे लोग, जिन्हें दिन-भर कमाने के बाद ही रात में खाना मिलता था और जिनकी भूखी अंतड़ियों की ऐंठन ने नींद उनकी आँखों से दूर भगा दी थी, आधा सोने और जगने की स्थिति में थे। बाकी पूरे इलाके में सोता पड़ा हुआ था। बारह-साढ़े बारह बजे तक तो जरूर हर-हर महादेव और अल्ला हो अकबर के नारे लहर की तरह बहते हुए घरों की छतों से टकराते रहे थे पर एक घंटे से उनकी रफ्तार भी कम होते-होते करीब-करीब खत्म हो गई थी। ये नारे अजीब तरह

की उत्तेजना और खौफ पैदा करते थे और हर घर के दुबके बाशिन्दों को ऐसा लगता था कि जैसे पड़ोस में ही कोई हमलावर भीड़ ये नारे लगा रही हो।

डेढ़ बजे के बाद गलियों के बाहर मुख्य सड़कों पर बड़ी गाड़ियों के रुकने की आवाजें आने लगीं। गाड़ियों की हेडलाइटों से सड़कों और गलियों के अँधेरे कोने रोशन हो गए। रोशनी के कुछ झोंके लोगों की खिड़कियों और रोशनदानों से होकर अंदर घरों में भी पहुँचे। खौफजदा हाथों ने जल्दी-जल्दी पल्ले भेड़ दिए। इसके बाद शुरू हुआ बूटों का लायबद्ध शोर। ट्रकों से कूद-कूद कर जवानों ने पोजीशन लेनी शुरू की। रात के सन्नाटे में बूटों की आवाजें एक खास तरह की सनसनी पैदा कर रही थीं। घरों में अधसोये लोग आने वाली मुसीबत के लिए तैयार होने लगे।

"खट...खट...ठक...खट खोल बे...अबे खोल दरवाजा। साले कहाँ अपनी माँ की गोद में सोए बैठे हैं। खोलता है दरवाजा कि तोड़ दूँ।"

आवाजें सिर्फ आवाजें पूरे माहौल में भर गईं। आवाजें हाथों से दरवाजा पीटने की थीं, आवाजें बूटों से दरवाजों पर ठोकरें मारने की थीं, आवाजें बच्चों के रोने और औरतों के चीखने की थीं, आवाजें कुंदों की पीठ या पैर पर टकराने से पैदा हो रही थीं, आवाजों में गालियाँ, सिसकियाँ और गिड़गिड़ाहट भरी थी। ये आवाजें अचानक पैदा हुईं और उन्होंने पूरे माहौल को मथ डाला।

"बहन चो...इतनी देर तक दरवाजा पीटते रहे, अब जाकर दरवाजा खोला। अंदर असलहे छिपा रहे थे...?"

"बोलते क्यों नहीं ससुर। अब जबान में ताला लग गया है।"

कमरे के फर्श पर बच्चे नींद में गुम बिखरे थे और बालिग सदस्य दहशत से स्तब्ध खामोश बैठे थे। दरवाजा टूटते ही भड़भड़ाकर ढेर सारे लोग बंदूकों के साथ अंदर घुस आए। मर्दों ने आदतन अपने हाथों

से सर ढक लिया। उन्हें उम्मीद थी कि अब डंडों, बूटों और बंदूक के बूटों से उनकी पिटाई शुरू होगी। पिटाई शुरू भी होती लेकिन एक औरत की चीख ने पूरे कमरे की रुकी हुई हवा में कंपकंपी पैदा कर दी।

"हे मौला, अब हमरी बिटिया की लहाश बूटन तले रौंदी जाएगी।"

कमरे में घुसते हुए हुए लोग चारों कोनों में फैलने के चक्कर में करीब-करीब नीचे लेटे हुए बच्चों को कुचलने से लगे थे। बच्चों के बीच में चादर से ढकी लाश थी। जैसे ही कोई बूट उस पर पड़ने को हुआ, सईदा की चीख निकल गई।

"क्या बकती है? किसकी लाश है?"

सईदा ने बिना जवाब दिए रोना जारी रखा। उसके साथ-साथ उसकी सास और ननद ने भी रोना शुरू कर दिया। बूढ़े ने बड़ी मुश्किल से स्थिति स्पष्ट की। हड़बड़ाए हुए सारे बूट बाहर निकल गए। दरवाजा बंद नहीं हो सकता था। बूढ़े ने टूटे दरवाजे के पल्लों को भेड़कर उन पर एक टूटी मेज टिका दी। बाहर का दृश्य जरूर इन टूटे पल्लों से ओझल हो गया लेकिन आवाजें आती रहीं।

"इस बक्से में क्या है? खोल...खोल...इसे भी।"

"हुजूर, माई-बाप...लड़की के जेवर गुरिया हैं। इसी जाड़े में शादी करनी है।"

"खोल तो। देखें तभी पता चलेगा कि जेवर हैं या बम छिपाकर रखा है। तुम लोगों का कोई भरोसा वैसे भी नहीं करना चाहिए। पाकिस्तान से ला-लाकर बम-पिस्तौल इकट्ठा करते हो।"

"खोल साले। एक-एक घर में इतनी देर करेंगे तो दो ही घर में सुबह हो जाएगी।"

"सीधे से नहीं खोलेगा तो मुँह भी तोड़ देंगे और ताला भी।"

बंदूक का कुंदा दोनों तोड़ सकता है। फर्क सिर्फ इतना है कि ताला टूटते समय तेज आवाज करता है और आदमी का मुँह सिर्फ अस्फुट-सा 'ओह' की ध्वनि निकाल पाता है।

"हुजूर...बड़ी मुश्किल से इकट्ठा किया है। बेटी की शादी नहीं हो पाएगी।" पतलून की जेब में पड़े हाथ पर कमजोर थरथराता हाथ झूल जाता है। कुंदे की दूसरी चोट किसी को इस लायक नहीं छोड़ती कि वह मजबूत हाथ को पकड़ने का फिर दुस्साहस करे। जब तक बूट बाहर निकलते हैं घर के सारे मर्द-औरतें रोने-चिल्लाने लगते हैं। बच्चे भी घबराकर जरा ज्यादा ऊँचे स्वर में रोते हैं लेकिन जाने वालों पर इसका कोई असर नहीं पड़ता।

तलाशी का अंत लगभग सभी घरों में एक जैसा होता है। आखिर में स्याह, राख पुते चेहरे अगर आँसुओं में तर नहीं होते तो अपमान और वेदना से बुझे-बूझे, जाते हुए बूटों की आवाज सुनते रहते हैं।

"अबे दरवाजा इतनी देर में क्यों खोला?"

"सो रहा था। नींद खुली तो खोला।"

"क्या! ज़बान लड़ाता है।" तड़ाक...तड़ाक।

"मारा क्यों? मारने का अख्तियार किसने दिया तुम्हें?"

"साला अख्तियार पूछता है। इसने दिया अख्तियार।"

राइफल की बट आधी मुँह पर और आधी दरवाजे पर पड़ती है। पिच्च से मुँह से खून थूका जाता है और खून के साथ दो-तीन दाँत भी बाहर आ गिरते हैं। घर के बुजुर्ग औरत-मर्द आकर नौजवान से चिपट जाते हैं। घर का बूढ़ा मुखिया खून देखकर उत्तेजना से धीरे-धीरे काँपने लगता है। सामने खड़े मजिस्ट्रेट से संयत स्वर में बात करने की कोशिश करते-करते भी उसकी आवाज धीरे-धीरे तल्ख होने लगती है।

"आपके सामने सब कुछ हो रहा है और आप चुपचाप देख रहे हैं। यही तलाशी का ढंग है? किस कानून ने आपको अधिकार दिया है बिना वजह मारने-पीटने का? मैं भी वकील रहा हूँ। इस मुल्क में संविधान है...कानून है...कायदा है...।"

"तू हमें कानून-कायदा सिखायेगा वकील की दुम?"

दुनिया का कोई बूढ़ा चेहरा अपने ऊपर बंदूक का कुंदा सहकर चुपचाप नहीं खड़ा रह सकता।

"साले खाते यहाँ का हैं, देखते पाकिस्तान की तरफ हैं। गौर से तलाशी लेना, इस बदमाश वकील के यहाँ तो ट्रांसमीटर भी होगा। यही साले खबर देते हैं तभी सुबह-सुबह बी.बी.सी. बोलने लगता है।"

"पाकिस्तानी..." खून भरे मुँह को विकृत ढंग से चबा-चबाकर नौजवान चेहरा फुफकारता है..."पहले तो नहीं की लेकिन अब जरूर करेंगे पाकिस्तानी जासूसी। इस साले देश में अगर जलालत ही मिलती है तो जरूर करेंगे पाकिस्तानी दलाली।"

"क्या कहा? क्या कहा...पाकिस्तानी जासूस है। तब तो तू ही बताएगा कि कहाँ छिपा रखा है ट्रांसमीटर और बम।"

विकृत मुँह थोड़ा और विकृत हो जाता है लेकिन औरतें उसके ऊपर करीब-करीब लेट जाती हैं।

बाप के गाल की फटी खाल देखकर नौजवान पर बीच-बीच में जैसे हिस्टीरिया के दौरे पड़े जा रहे थे। उसे बोलने से रोकने के लिए बूढ़े वकील समेत घर के सभी प्राणी उसे घेरकर बैठ गए और कोई बहलाकर, कोई फुसलाकर, कोई डपटकर उसे चुप कराने की कोशिश कर रहा था। अगर उसकी आवाज इसके बावजूद तेज हो जाती तो कोई न कोई औरत उससे तेज स्वर में रोकर उसकी आवाज दबाने की कोशिश करती।

तलाशी लेने वाले की दिलचस्पी उसमें खत्म हो गई थी। दो जवानों को उनके पास खड़ा कर बाकी सभी तलाशी लेने चले गए। काफी मालदार लोगों का घर लगता था इसलिए सभी तलाशी लेने वाले पूरी तबियत से तलाशी ले रहे थे। जिन दो लोगों को घर के सदस्यों के सर पर खड़ा किया गया था, वे भी थोड़ी देर में अंदर सरक गए और तलाशियों में शरीक हो गए। घरवाले बाहर वाले कमरे में गोला बनाकर सोफों और कूर्सियों पर बैठे रहे और एक-दूसरे को सांत्वना देते या चुप कराते रहे। तलाशी लेने वाले जब चले गए तो औरतों ने झपटकर अपने जेवरों के बक्सों या नकदी की गुल्लक को उलट-पलट कर रोना-पीटना शुरू कर दिया। मर्दों ने उन्हें डाँटा और बूढ़े वकील ने बढ़कर दरवाजा बंद कर दिया।

लगभग सभी घरों में यही नाटक हुआ। सिर्फ हाजी बदरुद्दीन के यहाँ नाटक के संवाद बदल गए। उनका दो एकड़ में फैला मकान था। घने खूबसूरत पाम के दरख्तों के नीचे फैले लॉन में मद्धिम नीला प्रकाश फैला था। मकान के चारों तरफ ऊँची-ऊंची दीवारें थीं। इसलिए बाहर से भीतर का कोई दृश्य नहीं दिखाई पड़ता था। मुख्य गेट का दरवाजा खोलकर जब एक डिप्टी कलेक्टर और एक टिप्टी एम.पी. के नेतृत्व में पुलिस दल अंदर घुसा तो उन्हें लगा कि जैसे तपते हुए रेगिस्तान से निकलकर वे किसी सुहाने ठंडे परीदेश में चले आए हों।

"ये कर्फ़्यू में कैसा मजमा लगा रखा है?" बोलने वाले ने अपनी आवाज में कड़क भरने की कोशिश की लेकिन उसकी कड़क का सुनने वालों पर कोई असर नहीं पड़ा। क्योंकि वाक्य खत्म होते-होते वह फिस्स से हँस पड़ा।

"आइए हुजूर, डिप्टी साहब...कैसा कर्फ़्यू और कहाँ का कर्फ़्यू। हम तो अपने घर के अंदर बैठे हैं।"

थोड़ी देर तक आपस में इस बात पर दोस्ताना बहस होती रही कि कर्फ़्यू सिर्फ घर के भीतरी हिस्सों तक सीमित था या बाहर

चहारदीवारी तक उसकी हद थी। सिपाही लॉन के बाहर सीढ़ियों पर पसर कर बैठ गए और अफसरान गुलाब की बाड़े फलाँगते हुए लॉन पर पड़ी कुर्सियों पर जाकर फैल गए। थकान ने व कई दिनों की न पूरी हुई नींद ने सभी को बुरी तरह तोड़ डाला था। कमर सीधी होते ही ज्यादातर लोग ऊँघने लगे। हाजी के आदमियों ने जल्दी-जल्दी ठंडा पानी और शरबत पेश करना शुरू कर दिया।

"और क्या खिदमत करें साहब? ऐसा वक्त है कि कुछ सेवा भी नहीं कर पा रहे हैं।"

"अरे बहुत है हाजी जी। आज तो आपका ठंडा पानी भी अमृत लग रहा है।"

"थोड़ा-सा अच्छा माल भी रखा है। इजाजत दें तो मँगाऊँ।"

"नहीं...नहीं...इस समय अच्छा-बुरा कुछ नहीं चलेगा।" अफसर ने कनखियों से दूर बैठे मातहतों की तरफ देखा।

"अंदर कमरे में इंतजाम करा देता हूँ। थोड़ा ले लें, थकान दूर हो जाएगी।"

"रहने दें हाजी जी, फिर किसी दिन बैठेंगे।"

अचानक एक अफसर ने लॉन के एक कोने में देखा कि अँधेरे में रखी कुर्सी पर किसी ने करवट बदली। कुर्सी मेहंदी की झाड़ियों की आड़ में इस तरह पड़ी थी कि बहुत ध्यान देकर देखने पर ही साफ दिखाई पड़ सकती थी। अफसर ने चौकन्ना होकर पूछा—"कौन है... उधर झाड़ियों के पीछे कौन है?"

"अरे जासवाल जी, आ जाइए। इधर ही आकर बैठिए, नहीं तो साहब लोग सोचेंगे कि मैंने किसी हिंदू को अगवा कर रखा है।"

रामकृष्ण जायसवाल थोड़ा सकपकाए से झाड़ियों के पीछे से निकलकर आ गए। जायवाल जी भूतपूर्व विधायक थे और आने वाले चुनावों में भी खड़े होने वाले थे। हाजी बदरुद्दीन

उनके पुराने प्रतिद्वन्द्वी थे। इस बार शहर में अफवाह थी कि मौजूदा विधायक अयोध्यानाथ दीक्षित के खिलाफ दोनों ने हाथ मिला रखा था।

"जायसवाल जी, कर्फ़्यू में इतनी रात गए आप यहाँ? खैरियत तो है?" एक अफसर ने अनजान बनने की कोशिश की।

"हम तो डिप्टी साहब, शहर के अंदेशे से परेशान हैं। हाजी जी से डिस्कस करने गलियों-गलियों छिपते आ गए थे। दंगा कैसे रोका जाए इसी पर बात कर रहे थे कि आप आ गए।"

"साला कैसी भोली बात कर रहा है। पूरा शहर जानता है कि यही दोनों दंगा करा रहे हैं। पर इनको पकड़ेगा कौन?" दूर सीढ़ियों पर बैठे एक दरोगा ने दूसरे के कान में फुसफुसाकर कहा।

"चुप रह यार, क्यों बुरा बनता है। ये कमबख्त तो परदे के पीछे रहकर काम करते हैं। इनका पैसा सब-कुछ कराता है। इन्हें कौन पकड़ेगा और क्यों?" दूसरे ने अपनी आवाज भरसक दबाते हुए कहा।

डिप्टी एस.पी. ने डिप्टी कलेक्टर को आँख से कुछ इशारा किया और दोनों लॉन के कोने में चले गए।

"मुझे भाई साहब, कुछ गड़बड़ लग रहा है। जायसवाल का इस समय यहाँ होना संदेह पैदा करता है। कहिए तो अंदर तलाशी ली जाए, कुछ मिल सकता है।"

"आप भी शर्मा जी बच्चों जैसी बातें करते हैं। हाजी क्या अपने घर में असलहा रखेगा? या जायसवाल खुद चाकू चलाएगा? अरे इनका तो सिर्फ पैसा और दिमाग काम करता है। इनके यहाँ तलाशी करने से क्या मिलेगा। कल हमारा तबादला जरूर हो जाएगा।"

दोनों देर तक खड़े-खड़े धीमे स्वरों में बात करते रहे। लॉन में बैठे हाजी और जायसवाल थोड़ी बेचैनी से उनकी बातचीत के खत्म होने

का इंतजार करते रहे। जायसवाल बातचीत को लंबा खिचते देखकर नर्वस होने लगा लेकिन हाजी उसे हाथ या आँख के इशारे से लगातार आश्वस्त करता रहा।

दोनों अफसर वापस आकर बैठ गए। बातचीत फिर शुरू हो गई। जायसवाल ने बताया कि हाजी जी ने किस तरह मोहल्ले के गरीब हिंदुओं के लिए लंगर खोल रखा है। उनके आदमियों को आसानी से कर्फ़्यू-पास नहीं मिल पा रहे हैं इसलिए वे चाहकर भी सभी तक मदद नहीं पहुँचा पा रहे हैं। हाजी ने भी जायसवाल के द्वारा अपने पड़ोसी मुसलमानों को अपने घर में पनाह देने की बात अफसरों को सुनाई। अंदर से इस बीच चाय बनकर आ गई।

"अभी तो ठंडा पिया ही था। अब चाय का तकल्लुफ क्यों करने लगे।"

"तकल्लुफ कैसा साहब, मैं तो शर्मिंदा हूँ कि ऐसे मौके पर आप तशरीफ लाए हैं कि कुछ खातिर नहीं कर पा रहा हूँ।"

"कभी फुर्सत से प्रोग्राम बनाएँ। बेगम साहिबा मुर्गा बहुत अच्छा पकाती हैं। हाजी जी, अबकी कर्फ़्यू हटे तो साहब लोगों को दावत दीजिए।" जायसवाल ने कहा।

"मैं तो हमेशा खिदमत में हाजिर हूँ। आप लोगों को जब फुर्सत हो...।"

"देखेंगे...रक्खेंगे हाजी जी, बस कर्फ़्यू से जल्दी आप लोग छुट्टी दिलाइए।"

"अजी मेरे और जायसवाल जी की तरफ से आप कर्फ़्यू कल हटाते हो तो आज हटा लीजिए। हम तो अमन के लिए कोई भी कुर्बानी कर सकते हैं।"

"सो तो है...मेरा मतलब है कि जो दंगा करा रहे हैं वो फुर्सत दें तो दावत-वावत भी तभी रखी जा सकती है।"

अफसर खड़े हुए। मातहतों ने भी धूल झाड़ी और अपनी बंदूकें वगैरह सँभालते हुए उठ गए। आठ-दस लोगों का काफिला धीरे-धीरे फाटक के बाहर निकल गया। फाटक पर खड़े होकर हाजी बदरुद्दीन ने हाथ माथे तक लाकर सलाम किया—"अब इससे बाहर निकलने पर तो आपसे पास लेना पड़ेगा।"

जायसवाल और अफसर हौले से हँसे। एक-एक कर गाड़ियाँ स्टार्ट हुईं और हाजी ने बड़ा दरवाजा धीरे-धीरे बंद कर दिया। सन्नाटे में थोड़ी देर तक सिर्फ गाड़ियों की आवाजें गूंजती रहीं और हेडलाइट्स के प्रकाशवृत्त गलियों की दीवारों पर नाचते रहे।

नौ

बाहर जब तक दरवाजों के फटने, टूटने, गलियों में बूटों के द्रौड़ने, चलने या लोगों के चीखने, सिसकने की आवाजें आती रहीं तब तक घर के सभी प्राणी सहमे-डरे से बैठे रहे। आवाजें इस बात का सबूत थीं कि तलाशियाँ चल रही हैं। यह घर तलाशी लेने वालों की सक्रियता से डरे हुए लोगों का था। तलाशियों का दौर इतना लंबा खिंच रहा था कि अंतहीन-सा लगने लगा था। किसी तरह यह सिलसिला खत्म होने को आया और आवाजें धीरे-धीरे खत्म हो गईं। थोड़े-से अंतराल के बाद गाड़ियों के स्टार्ट होने की आवाजें आने लगीं। एक साथ बहुत-सी छोटी और बड़ी गाड़ियाँ स्टार्ट हुईं, इसलिए उनकी आवाज हमलावर मधुमक्खियों की तरह पूरी गली में छा गई। बहुत सारी गाड़ियों की हेडलाइट्स का प्रकाश भी एकदम से पूरी गली को रोशनी से नहलाता चला गया। जब इस प्रकाश से मुक्ति पाकर गली फिर से अँधेरे की तारीकी में खो गई तब घर के लोगों को विश्वास हो गया कि तलाशी खत्म हो गई है। इसके बाद उन्होंने पुनः ऊँघना शुरू कर दिया।

पड़ोस के कुंजड़े के मुर्गे ने अस्वाभाविक रूप से तेज बाँग दी। शायद रात-भर की बेचैनी ने उसे गुस्से से भर दिया था। उसकी कर्णकटु आवाज ने सईदा की सास को सबसे पहले जगाया। बुढ़िया वैसे भी बहुत हलकी नींद सोती थी, आज तो उसे ढंग से नींद भी नहीं आई थी। उसने झपटकर कोने में पड़े स्टूल पर रखी मेजघड़ी में समय देखने की कोशिश की। एक तो घड़ी बहुत छोटी थी, दूसरे स्टूल पर

एक सुराही भी रखी हुई थी जिसकी आड़ में पड़ने के कारण घड़ी की सुई साफ दिख नहीं रही थी। बुढ़िया ने मदद के लिए कमरे में नजर दौड़ाई। दीवार से सर टिकाए लेटे लोगों को देखने से यह तो स्पष्ट हो गया कि उनमें से कुछ आँखें मूंदे जग रहे थे लेकिन उनमें से किसी से मदद की कोई उम्मीद नहीं की जा सकती थी।

बुढ़िया खुद ही उठी और उसने सुराही को सरकाकर घड़ी को देखा। चार बजने वाले थे। बुढ़िया घबराहट भरी उतावली से भर गई। उसने सुराही को हिलाकर थाह ली। सुराही पूरी तरह खाली थी। कल दिन-भर उसे भरने की नौबत ही नहीं आई थी। जो कुछ पेंदे में पानी का अंश था, उसे भी पूरी तरह सुराही को दो-तीन बार उलटकर बच्चों ने निचोड़ डाला था। बुढ़िया ने पीछे बरामदे में चौके में जाकर देखा। बाल्टी में करीब दो-ढाई लोटा पानी था। घर के एकमात्र नल से सूँ... सूँ की आवाज आ रही थी। मतलब पानी जल्दी ही आने वाला था। उसने बाल्टी नल के नीचे लगा दी और नल पूरा खोल दिया। हालाँकि नल पूरा खोलना इस घर में मुहावरे से ज्यादा अर्थ नहीं रखता था। नल चाहे जितना खोला जाए, पानी हमेशा एक पतली धार की शक्ल में गिरता था जिससे बाल्टी भरने के पहले हमेशा आदमी का धैर्य चुक जाता था।

बुढ़िया ने बाल्टी में उपलब्ध दो लोटे पानी से अपने दैनिक कर्म निपटाने शुरू किए। जब वह पाखाने से बाहर निकली तो नल से धीरे-धीरे पानी टपकना शुरू हो गया था। वह नल के पास जमीन पर बैठ गई और ऊँघते हुए बाल्टी के थोड़ा भर जाने का इंतजार करने लगी। रात-भर की जगन ने उसे करीब-करीब सोने की स्थिति में पहुँचा दिया। चैतन्य वह तब हुई जब उसका सिर चकराकर नल के पास के खंभे से टकराया। उसने हड़बड़ाकर देखा, पानी लगभग एक चौथाई भर गया था। इसका मतलब वह काफी देर तक आँखें बंद किए पड़ी रही थी। उसने जल्दी-जल्दी एक लोटे से पानी निकाला। एक छोटी-सी काफी घिसी हुई कपड़े धोने के साबुन की बट्टी पड़ी

थी। उसने उससे अपना हाथ मल-मलकर धोया। बट्टी इतनी छोटी थी कि काफी रगड़ने के बाद भी उसमें झाग पैदा नहीं हुआ और थोड़ा-सा जोर लगाने पर वह फिसल कर नाली में गिर गई। और कोई दिन होता तो बुढ़िया उसे नाली से छानकर उठा लेती लेकिन आज उसका मन रतजगे की थकान और घर में पड़ी बच्ची की लाश से इतना खिन्न था कि उसने उस साबुन के टुकड़े की परवाह नहीं की जिसे वह कम से कम दो-तीन दिन और चलाती और अगर घर के किसी और बच्चे या जवान से यह बट्टी नाली में गई होती तो घंटों उस पर चीखती-चिल्लाती।

हाथ और मुँह पर ठंडा पानी पड़ने से उसके शरीर में कुछ चैतन्यता आई। वह अपने कुरते और सलवार से अपना हाथ रगड़ते हुए जल्दी-जल्दी अंदर आई। पानी जल्दी जा सकता था। अगर तब तक सब लोग अपने काम निपटा लें तो लाश को नहलाने का इंतजाम किया जाए। हालाँकि उसका सालों-साल का अनुभव यह बताता था कि घर में इतना पानी नहीं आ सकता था लेकिन फिर भी बाहर के नल से पानी भरने की कल्पना ही इतनी त्रासद थी कि उसने पूरे मन से चाहा कि लोग इतनी जल्दी अपने काम निपटा लें कि बाहर जाने की जरूरत ही न रहे। दिन-भर पीने के पानी की किल्लत रहेगी, उसे तो बाद में देख लेंगे। कब्रिस्तान से लौटते हुए घर के मर्द पानी का जुगाड़ कर लेंगे।

अंदर सभी लोग अभी सोए थे, सिर्फ बूढ़ा अपनी आँखें खोले एकटक न जाने कहाँ देख रहा था। उसकी हरकतविहीन पुतलियों को देखकर आसानी से यह भी अहसास नहीं हो रहा था कि वह जाग रहा है या आँखें खोलकर सोया है। सईदा की गर्दन दीवार पर एक तरफ लुढ़की हुई थी। उसके मुँह से लार टपककर उसके आँचल से होती हुई उसके घुटने तक चली गई थी। रात-भर रह-रहकर विलाप करने और जागने के कारण उसका खुला हुआ मुँह बिभत्स लग रहा था। बुढ़िया मन हुआ कि धीरे-से उसका मुँह बंद कर दे और लार पोंछकर

उसे चुपचाप थोड़ी देर सोने दे लेकिन आदत से मजबूर उसके मुँह से निकल ही गया, "अरे उठ करमजली, अब क्या दोपहर तक सोती ही रहेगी।" हालाँकि बुढ़िया की आवाज रोज की तरह कर्कश नहीं हो पाई थी फिर भी उसकी तेजी की वजह से सईदा ने हड़बड़ाकर अपनी आँखें खोल दीं। एक क्षण के लिए उसकी समझ में नहीं आया कि कैसे उसकी पीठ दीवार से सटी हुई है और उसने झपटकर उठने की कोशिश की, लेकिन पूरी तरह उठने से पहले उसकी निगाह सामने फर्श पर चादर से ढकी अपनी छोटी बच्ची पर पड़ी और एक बार फिर उसका रुदन शुरू हो गया। पहले उसने सिसकियाँ भरीं फिर एकदम गला फाड़कर रोने लगी। उसने पिछले 24 घण्टे में कुछ नहीं खाया था। इसलिए जल्दी ही उसका गला बैठ गया और उसकी आवाज सिसकियों में बदल गई।

सईदा के रोने ने कमरे में फर्श पर पड़े सभी बड़े लोगों को जगा दिया। बच्चे अब भी सो रहे थे लेकिन बड़ों ने एक-एक करके अपनी जगह से उठना शुरू कर दिया। बुढ़िया ने सबको जल्दी-जल्दी अपने नित्य कर्म निपटाने के लिए ललकारा। लोगों ने एक-एक कर पीछे बरामदे की तरफ जाना शुरू कर दिया।

नल लगातार खुला रहा लेकिन बाल्टी सिर्फ एक बार भर पाई। इसकी पहले से ही बुढ़िया को आशंका थी। नल से पानी जब आना बंद हुआ तो बाल्टी की तलछट में सिर्फ योड़ा सा पानी शेष बचा था। अभी सारे बच्चे बाकी थे। उठते ही उन्हें पानी की जरूरत पड़ेगी। इसके अलावा सबसे जरूरी काम लाश को नहलाना था। बच्ची को मरे बारह घंटे हो गए थे। रात में यों मौसम बहुत गर्म नहीं था लेकिन जल्दी ही मौसम गर्माने लगेगा और लाश में सड़न और बदबू शुरू हो जाएगी इसलिए बुढ़िया चाहती थी कि जल्दी से पानी का इंतजाम हो जाए और दफनाने के लिए घर से निकलने की प्रक्रिया शुरू हो जाए।

पानी सिर्फ बाहर के सार्वजनिक नल से मिल सकता था। सईदा के पति को पिछली सुबह का अनुभव अभी भूला नहीं था। बूढ़ा

कर्फ़्यू-पास बनवाने में जितना जलील हुआ था, उससे उसकी हिम्मत भी नहीं थी कि बाहर निकले। हालाँकि अब उसके पास कर्फ़्यू-पास था और उसे लेकर बाहर पानी लेने निकला जा सकता था लेकिन फिर भी बाहर पुलिस वालों का कोई भरोसा नहीं था। उन्हें कर्फ़्यू-पास फाड़कर फेंकने और उसकी पिटाई में कोई वक्त नहीं लगना था। उसके मन के किसी कोने में यह इच्छा जोर मार रही थी कि बुढ़िया ही बाहर चली जाए पानी लाने। अपने किसी भी लड़के को वह बाहर नहीं जाने देना चाहता था। रोज भी बुढ़िया या घर की दूसरी औरतें ही जाती थीं। किसी जवान औरत का बाहर जाना ठीक नहीं था लेकिन बुढ़िया के जाने पर कोई खतरा नहीं था। अंत में बुढ़िया ही गई।

दोनों हाथों में एक-एक खाली बाल्टी लटकाए बुढ़िया को 50 मीटर की खाली निर्जन गली को पार करने में पूरा एक युग लगा। बड़ी मुश्किल से गली का वह मोड़ आया जहाँ सार्वजनिक नल लगा हुआ था। मोड़ के बाएँ हाथ पर नल था और मोड़ पर पहुँचने पर ही दिखाई पड़ता था। नल लगता था पूरा खुला हुआ था क्योंकि थोड़ी दूर से ही पानी गिरने की आवाज आने लगी थी। रोज का वक्त होता तो मोड़ के पहले ही जमीन पर कतार में रखे बर्तन दिखाई देने लगते और अदृश्य नल का अहसास कराने लगते। आज तो जब वह मोड़ पर पहुँची तब उसने देखा कि एक पुलिस वाला अपने दोनों हाथों को चुल्लू की तरह बनाकर उसमें पानी रोप रहा था और चुल्लू भरने पर उस पानी को अपने चेहरे पर मारकर चेहरा धुलने की कोशिश कर रहा था।

बुढ़िया एक क्षण को ठिठकी लेकिन अब वापस लौटना भी संभव नहीं था। वह आगे बढ़ती गई और पुलिस वाले के करीब पहुँचकर सहमी-सी खड़ी हो गई। पुलिस वाले की पीठ बुढ़िया की तरफ थी। जैसे ही वह पीछे को घूमा उसकी आवाज में झुंझलाहट भर गई।

"अरे कहाँ सुबह-सुबह आ गई बुढ़िया। जल्दी पानी भरकर भाग अपने घर।" वह थोड़ी दूर पर आगे बैठे साथियों की तरफ बढ़ गया।

बुढ़िया को इतने कम में छुटकारे की उम्मीद नहीं थी। वह जल्दी-जल्दी दोनों बाल्टियाँ भरकर वापस लपकी। घर के अंदर दोनों बाल्टियों में पानी भरे जब वह घुसी तो घर के मर्दों के बीच वह अतिरिक्त गर्व से भरी थी। उसने दोनों बाल्टियों का पानी घर में जितने भी उपलब्ध बर्तन थे उनमें भरा और एक बार फिर नल के लिए घर से निकल पड़ी।

इस बार बुढ़िया को सफलता नहीं मिली। घर से थोड़ी दूर आगे बढ़ने पर ही उसे गाली-गलौज और ज़मीन पर डंडा पटकने की आवाज सुनाई दी। हुआ यह कि गली में उसकी आहट सुनकर कई लोगों ने अपने घरों के दरवाजों, खिड़कियों से उसे पानी लेने जाते और पानी लेकर लौटते हुए देखा। लोगों को लगा कि आज अच्छा मौका है। इस गली में ज्यादातर लोगों को पानी सार्वजनिक नल से ही मिलता था। इसलिए जब बुढ़िया दूसरी बार बाहर निकली तब तक कई घरों के मर्द और औरतें नल तक पहुँच चुके थे। गर्मी में पानी की जरूरत इतनी बड़ी थी कि गालियाँ सुनते और पिटते हुए भी लोग नल के इर्द-गिर्द मँडराते रहे और गिरते-भागते आधी-पौनी जितनी भी बाल्टी भरी होती उसे लेकर अपने घरों में घुसते रहे। बुढ़िया ने चालाक बनने की कोशिश की और नल के इर्द-गिर्द फैली अफरा-तफरी में दोनों बाल्टियाँ आधी से ज्यादा भर लीं लेकिन वापस मुड़ते समय एक सिपाही की लाठी उससे ऐसी टकराई कि दोनों बाल्टियों में सिर्फ पेंदे में थोड़ा-थोड़ा पानी बचा। उसी को लेकर वह वापस लौट पड़ी।

कमरे में वापस घुसकर उसने पानी न ला पाने की खीझ सईदा पर निकाली। सईदा जगने के बाद दीवार पर लगकर हौले-हौले विलाप कर रही थी। उसने अभी तक कुछ नहीं किया था। बुढ़िया ने अपनी आवाज को भरपूर कर्कश बनाकर कहा—

"अभी तक उठी नहीं करमजली। सारा काम पड़ा है। यहाँ तेरी लौंडी कौन है जो सब काम निपटाएगी। उठ...जल्दी उठ।"

सईदा शुरू से ही उससे डरती थी। उसकी डाँट का असर यह हुआ कि जब तक बुढ़िया अंदर बाल्टी रखकर कमरे में वापस लौटी तब तक वह सीधी खड़ी हो गई थी। बुढ़िया का बड़बड़ाना जारी रहा लेकिन सईदा ने उसे मौका नहीं दिया। वह लड़खड़ाती हुई अंदर चली गई।

जब तक सईदा वापस आई उसकी सास ने काफी हद तक तैयारियाँ पूरी कर ली थीं। इस समय वह एक पुरानी धुली हुई चादर को सुई-धागा लेकर सिलने में लगी थी। चादर इतनी पुरानी थी कि उसका रंग लगभग उड़ चुका था। गनीमत थी कि कई बक्सों को टटोलने के बाद यह एक चादर उसे मिल गई थी जिसे कफन बनाने में वह लगी थी।

सईदा ने उसके पास बैठकर उसकी मदद करने की कोशिश की लेकिन चादर छूते ही रुलाई से उसका गला भिंच गया और आँखों की पुतलियों पर पानी की बूँदें फैल गईं। हर चीज अस्पष्ट-सी हो गई। सास ने कोमलता से उसका हाथ परे कर दिया और उसके इशारे पर ननद ने सईदा को अपनी बाँहों में भरकर पीछे दीवार तक सरका दिया। सईदा दीवार पर सर टिकाए पूरे घटनाक्रम की मूक द्रष्टा बन गई।

लगभग एक घंटे में तैयारी पूरी हुई। बच्ची को नहलाकर कफन पहनाकर चलने की बारी आई तो दिन पूरी तरह निकल आया था। नमाज पढ़ी गई और तीन मर्दों के निकलने के लिए दरवाजा खोला गया। तब तक सईदा पस्त और अर्द्धमुर्च्छित-सी हो चुकी थी। लेकिन दरवाजा खुलते ही वह पछाड़ खाकर गिरी और पूरे वेग से क्रंदन करते-करते उसने दो-तीन बार अपना सर जमीन पर पटका। उसके पति के हाथों में बच्ची की लाश थी। जैसे ही उसका पहला पैर घर से बाहर निकला, सईदा दरवाजे की तरफ झपटी। न जाने उसके कमजोर शरीर में इतनी ताकत कहाँ से आ गई थी कि उसे सँभालते-सँभालते उसकी सास और ननद गिर पड़ीं।

दरवाजे की चौखट पर एक पैर बाहर गली में लटकाए और एक पैर मोड़कर अंदर कमरे में डाले सईदा अपनी सास और ननद के साथ देर तक विलाप करती रही। सर झुकाए छोटी-सी लाश को हाथों पर टिकाए तीनों मर्दों की आकृतियाँ दिन के उजाले में विलीन हो गईं। दरवाजों और खिड़कियों के पल्लों की सूराखों से आँखें सटाए न जाने कितने सर उन पर टिके थे।

सुबह के सात बजे थे और धूप पूरी शिद्दत के साथ चमक रही थी। चूंकि बीती रात बहुत थका देने वाली और गहमागहमी से भरपूर थी इसलिए इतना तो गारंटी के साथ कहा जा सकता है कि अभी तक हाजी बदरुद्दीन और रामकृष्ण जायसवाल का नाश्ता मेजों पर नहीं लगा होगा और आला हुक्कामों के गुसल के लिए रखा हुआ पानी भी गुसलखानों में इंतजार ही कर रहा होगा।